新潮文庫

島津戦記（一）

新城カズマ著

新潮社版

10770

目次

島津戦記

I

Vuoqui
Foquy
Argenti fodinæ
Inaba
Tango
Tagima
Hivami
I A
Mimasaca
Nagato
Aquy
Vigo
Tamba
Hitchu
Farima
B V N
Figen
Checugen
Burgo
Samuqui
Tonsa
Ava
Duco
GO
Chicugo
TONSA
Figa
Cangaxu ma
Ofumi
Tenora
Minato
Ciambo

戦わずして人の兵を屈するは善の善なる者なり。

——孫子

戦争とは、他の手段をもってする政治の継続である。

——カール・フォン・クラウゼヴィッツ

歴史……すなわち思弁小説《スペキュラティヴ・フィクション》の一形式……が、理由を教えてくれる。

——ウィリアム・ギブスン

大序

――誰も彼もが、武器を帯びていた。


男たちは刀を手にしていた。

女たちは短い刃を隠し持った。

老いたもの、若すぎるものたちも身近に武具を求めた。

石は投げれば凶器になった。油を浴びせかければ敵は退散した。竹を組み合わせた柵《さく》が道をふさぎ、泥水にみたされた堀が屋敷を囲んだ。

鋤《すき》も、鍬《くわ》も、銅銭さえも、いくさの前には鋳潰《いつぶ》されて槍の穂先となった。

言葉は相手を殺す呪詛《じゆそ》と化した。文字は秘密をつくり、弱い心をまどわし、遠く離れた将を調伏《ちようぶく》した。

あらゆる取引が、いくさの中へ呑《の》み込まれていった。

海から運ぶしかない塩はもっとも貴重な兵力だった。絹や毛皮は敵対するものたちの心を動かす軍勢だった。

血のつながりもまた例外ではなかった——息子は人質となって殺され、娘はかりそめの平和の証にと嫁いだまま命を絶ち、おさない子どもたちさえも恨みの連鎖を断ち切るために喉《のど》を切り裂かれた。

途絶えた血筋は、その栄光もろとも、またたく間に忘れ去られた。屍《しかばね》は積み重ねられ、埋められ、あるいは捨て置かれた。

争うものは武士と呼ばれたが、しかし、争わずにいたのは既に死んだものだけだった。

すべての土地に争いがあった。

田畑をたがやすものも争った。魚をすなどるものも争った。山はいくさ場となった。川は攻め込むための道だった。野原はあちこちで踏みにじられた。

村は武装し、町は焼かれ、伽藍《がらん》はくりかえし崩れ落ちた。だれも護《まも》ってはくれなかった。命はどこまでも軽く、鎧《よろい》と兜《かぶと》はひたすら重くなった。

そして皆、この殺し合いが、いつまでも続くのだと思っていた。

ほんの、一握りの者たちを除いて。

第一章　海のほとりの王国にて

天文十一〜十八年
西暦（ユリウス暦）一五四二〜一五四九年

（……）鉄砲伝来を以上のように考えるなら、その実像は「ポルトガル船が種子島《たねがしま》に漂着して西洋式の銃を伝えた」という常識とかなりちがったものになる。ポルトガル人の乗っていた船は西洋式の帆船ナウではなくて中国式のジャンクであり、中国人密貿易商の王直が同乗していた。いやむしろ王直こそ船の経営主体だったと考えたほうがよさそうだ。（……）もちろん、鉄砲製作技術の急速な習得や鉄砲を用いる戦闘方法の発達が示すように、日本はその波に受身でもまれてばかりいたわけではない（……）。

村井章介『海から見た戦国日本――列島史から世界史へ』

一、

主を讃える短い祈りを、フェルナン・メンデス・ピントは思わずつぶやいた。

しかし次の瞬間には、これまで以上の大波が（あの聖なる角笛《つのぶえ》の大音声に耐えかねたイエリコの壁よろしく）、帆柱の頂きと変わらぬ高みから、彼の同乗する商船《ジャンク》めがけて崩落をはじめていた。

「来るぞ！　流されるなよ！」

艫《うしろ》のほうから、船長《カピタン》の王《ワン》が叫んだ。

船は揉《も》まれていた。砕かれようとしていた。かれら数十名の乗組員には、たったひとつの、巨大な、狂気に満ちた真実しかなかった。

大嵐だ。

「辰巳《たつみ》の方角！　ぬかるな！」

王船長の叫びが、激しい追い風とともに、帆柱にしがみついているフェルナンの耳に届いた。すばやく、あかぎれだらけの右手が、腰の短剣を握りしめる。

副長の明国《みんこく》人と、その脇にいて横波をもろにかぶったばかりのペルシャ《ファルシー》人が、右舷をふりかえった。フェルナンは右手をかざした。潮の味が、唇と舌に襲いかかる。瞼《まぶた》さえも、塩辛さを感じて引きつってゆく。視界の隅、二つの黒い大波の影が裂ける狭間に、さらにどす黒い帆と舳先が見えた。帆には黒々と、あの呪うべき異国の文字……南無《なむ》八《はち》幡大菩薩《まんだいぼさつ》。

（八幡船《ばはんせん》！）

フェルナンは目をこすった。

八幡船《やつら》も、こちらと同じく、あちこちの国からやってきた異形異装の連中ばかりに違いない。明国の悪党。アラビアの狭い海から流れ着いた無法者。どこまでも抜け目のない琉球《レキオス》の武装商人。弁髪をふりまわす恐るべき韃靼《タタール》人。そしてなにより——

（あの悪魔ども……生ける伝説……死の先導者……神をも畏れぬ狂戦士の群れ……）

——倭人《ハポネス》！

「まったく、倭寇とやらのしつこさってやつは！」

王船長が、誰にともなく叫んだ。

「おれのような駆け出しの、ちっぽけな商船を三日三晩も追ってくるとは……マラッカの白い娼婦《おんな》たちに、これっくらい食いつかれてみたいものだぜ！」

幾人かの水夫が、船長とともに大声で笑った。笑い声は、かれらの顔と同じく、のこらず引きつっていた。フェルナンは言葉をのみこんだ――しかし船長、あんたもおれも、あの明帝国の杓子定規な役人連中からしてみれば、同じ倭寇なんじゃないのかね？

「見えた！」

舳先《へさき》から誰かの声がした。

「島だ！」

「どっちだ！」

全員の目が雨と風のむこうを探した。右舷の先に、光があった。雲の切れ目が丸くなって、波を白く照らしている。あれが噂《うわさ》の〈嵐の目〉というやつか？……しかし、陸はどこだ？

「琉球《レキオ》か？」船長がたずねる。

「違いますぜ、あれは――」

船が揺れた。

「八幡船《やつら》が来たぞ！」

背後から、すさまじいとしか形容しようがない、鬨《とき》の声が降りかかった。近い。フェルナンはふりむかず、短剣を抜いた。まっすぐ船をぶつけて乗船してくるか、それともやみかけている！」

「船長！」彼は叫んだ。なんてことだ、どうしてこれに気づかなかったんだ？「雨が、

「そうとも！〈目〉が近いんだ！あそこを抜ければ、なんとか無事に……」

「そうじゃない！雨がやんだら、やつらが……八幡船から撃ってくるぞ！よく見ろ！あれは弓矢じゃない……やつらはマスケット銃をかまえている！」

その瞬間。

はげしい爆発音に、フェルナンは思わず甲板《かんぱん》に伏せた。

（銃撃……いや違う、あの音は砲撃だ！おれはマラッカで聞いたことがあるんだ、城塞守備隊が大砲をぶっぱなすのを……大砲？大砲だと？）

まさか！

あるはずもないガレオン船のすがたを探して、彼は左右を見回した。暗い波と、横風に引き裂かれてゆく黒い雲だけが、かれらを囲んでいた。

おそるおそる、後ろを見る。八幡船の帆柱が根本で裂け、倒れんとするところだった。

月代《さかやき》を剃って倭人のふりをした明国の男たちが、わめきながら、傾いた甲板を右から左へ滑ってゆく。綱が切れ、次の砲声とともに帆が破れて荒れる波間へと吸い込まれる。そして、もうひとつの船影が、明るい〈嵐の目〉の方向から、すべるように近づいてくる。

一瞬、二隻の船が並走しているのか、と彼は見間違えた。しかし、そうではない。

（あれは）

ふたつの細長い船体を、幅を持たせて繋《つな》ぎ合わせ、そのいっぽうに太い青銅の筒を積んでいる。子どもとしか思えない小さな船乗りが、その筒をかかえている。帆は大きく、斜めにかけて、風をいっぱいにはらんでいる。

「あのかたちは……」

双つ並んだ船——双胴船。

「双胴船だな」王船長が、いつのまにかフェルナンのかたわらに立っていた。「なるほど、あれはこのくらいの嵐でも平気なのか。さすがだな、とはいえ商船には使えんが……」

「双胴船だ」

「いま、言ったぞ」

「あれはセレベスのむこうからやって来るという、幻の双胴船だぞ！」

「そうだ。それがどうした」

「あれがこんなところにあるはずがない……おれだって噂でしか聞いたことがない、死者があの世へ乗ってゆく船だとか、知られざる未知の大陸の使いだとか、マラッカの港の古参連中でさえほとんど見たことが……それがこんな遠い海域に、しかも青銅の砲をかかえて……あの船をあやつってる餓鬼《ガキ》は、何者なんだ!?」

「あの餓鬼《ガキ》が」王船長はこたえた。「おまえさんの運命をにぎっておられる若き王子殿さ、フェルナン」

二、

「――それが大兄上《おおあにうえ》だったのですね？　それから如何《どう》なったのです?」と、少年――島《しま》津《づ》又六郎《またろくろう》は前を歩む兄を見上げた。

「うむ、では語って聞かせよう」

問われた若武者――島津又三郎《またさぶろう》は、いつもと変わらぬ柔らかな笑みをうかべつつ、共に歩をすすめる二人の弟にむかって頷《うなず》いた。

居城の表門を出て、眼下の港市《まち》までは、ゆるやかな坂道がしばらく続く。夏の朝の、どこまでも青くここちよい空の下、その下り坂を歩いているのは、この三人兄弟と、みごとな栗毛《くりげ》の駿馬《しゅんめ》を引いている下僕がただ一人。

長兄である又三郎は、このとき数えで十七。

すでに妻も娶《めと》っているのだが、月代は初々《ういうい》しいまでに涼しげである。質素な麻の小素襖《こすおう》をまとい、細い目はなんとも人なつこく、常に浮かべているその笑顔を眺めるだけで、誰であれ、この世に不満などひとかけらも無くなりそうだった。

その歩みぶりも、春風さながらに優しくゆったりとして、立ち並ぶ樹木から漏れる朝の陽が身にかかる様は、ひとつまちがうと、古《いにしえ》の仙人が桃源郷からふらりと遊びに降り来たようにも映る。

いっぽう二人の弟のうち、年上のほうは、名を又四郎《またしろう》。

兄によく似た四角い顎《あご》、まっすぐとおった鼻筋、広い額、それに加えて頬はよく日に焼け、眼は大きく、眉《まゆ》も太く力強い。

ひとことで言えば覇気がある。

元服前を示す茶筅《ちゃせん》に結った髪をのぞけば、背丈も、肩幅も、隣をゆったりと歩く二つ違いの又三郎に少しもひけをとらない。

そして、三人目。

島津又六郎――このとき、まだ数えで十三歳。

顔立ちは、いかにも幼い。が、肌の白さをのぞけば、目元や鼻筋など細部のつくりは、齢《よわい》十五の又四郎よりも、むしろ又三郎によく似ている。

にもかかわらず、醸《かも》し出される印象は不思議なくらい裏腹だった。

物静かな横顔も、まだ細い腕も、するどい目じりも、かしこそうな額の広さも……どこかしら、己の行く先を知らぬまま港を離れようとする小舟のような心細さがあった。二人の兄が大股《おおまた》で坂をくだってゆくのにくらべ、又六郎は、終始うつむき加減で、二人のうしろに付き従い——そして長兄の語る物語を、ひとかけらも聞きのがすまいとしていた。

——あれはほんの七年前のこと……わしが元服するよりも少しだけ昔のことだ。荒れた海のむこうから、その船はやって来た。

倭寇、と明国の役人たちであれば呼んだであろうな。われらにとっては〈海の民〉のひとりにすぎぬが。正直者の王《ワン》、王直《ワン・ジー》というのが船長《ふなおさ》の名前だ。まだ若いが、なかなかの男だ。名前のとおり、そのうちどこかの国のひとつも買い取って王を名乗るやもしれん。

さて、その王が、例の南蛮人を連れてきたのだ。ぴんとという名の、鷲鼻《わしばな》の男をな。

ぴんともまた、王船長と同じく、〈海の民〉の言葉を見事にあやつっておった。もちろん、おぬしも存じておるとおり、あの言葉は半月も海で暮らしておれば容易《たやす》く学べるものだが――それにしてもあの男は、おどろくほどに舌が達者なのだ。

〈海の民〉の言葉は、この海で商いをするためには欠かせない技だ。薩摩《さつま》の船乗りは言うに及ばず、堺《さかい》の商人も、琉球《りゅうきゅう》人も、ひそかにやってくる明国の豪商も、さらには遠き韃靼の荒くれ者さえも。

湊《みなと》では、あらゆる言葉が混じり合い、ひとつの綾織《あやお》りを成す。それゆえに誰しもが、おのが故郷の言葉と似ていると思い、すぐに巧みにあやつりはじめる。

湊とはそうしたものだ。海の道とはそうしたものだ。

あらゆるものが混じり、交わされ、ふたたび彼方《かなた》へとわたってゆく。ぴんとも、また、そうした一人だったというわけだ。

……おお、そうだったな。話を続けよう。

ぴんとがわれらに正式に対面したのは、大殿のおわす坊津《ぼうのつ》の屋形であった。もちろん、その前にわしだけは会っておるのだがな――例の、双《ふた》つ胴の小舟であの男を救った際に。

あの屋形での、かれの様子といったら……ふふふ、あれほどおもしろい見物はなかったぞ。

謁見《えっけん》の間にあって、ぴんとめが、いかにも大仰《おおぎょう》に差し出したのは、暹羅《センラ》あたりで使い古された火縄銃だったのだ。うむ、あのころはまだ手火矢《てびや》と呼んでいたが、ちかごろはすっかり種子島《たねがしま》の名で通っている、あれだ。

あの南蛮商人はどうやら、大筒はさておき、もっと簡便な手火矢なるものを我ら島津宗家の者が見たことも聞いたこともないと思い込み、領主への献上品として持ってきたらしい。

もちろんわれらは見聞きしていたさ。古くは元寇以来、大筒は幾つもいくつもわれらが鎮西の地へ伝わってきている。手火矢の風聞《うわさ》も、またしかり。もっとも、どちらもすぐに火薬が種切れになって、用無しになってしまうのだがな。知ってのとおり、硫黄こそ近くのあの島で採れるものの、肝心の硝石《しょうせき》がなければどうしようもない。

だから、彼が献上した品々の中で、われらが祖父・日新斎《じっしんさい》さまがもっとも喜ばれたのは一握りの硝石と……これからは季節の風が巡るごとに明国から硝石をいくらでも買い付けてまいりましょう、という申し出であったわけだ。

だが、この話はそこで終わりではないぞ。

いやいや。むしろ、そこからが、すべての始まりだったのだ。

あの南蛮人は、背後にひかえる三人の連れを指し示しながら、こんなふうに語り始めたのだ。——

〈……まずはこちらの白鬚《しらひげ》の老人、ユダヤと呼ばれる民のひとりで、名はムーサ。わたくしめと同じく、危険に満ちた南の海と広大なる西の湾を越え、高貴なる陛下の慈悲にすがるべく遠きイベリアの地より罷《まか》り越しました。

そしてその右にひかえた大男、彼こそは怪力無双のイブラヒーム。この薩摩の勇者たちにもひけをとらぬ、剣と弓矢に愛された勇士です。

さらにその隣にあるは、まだ若き水夫マジュヌーン、失礼は承知のうえで黒の面紗《めんしゃ》によって顔を隠してはおりますが、それもそのはず実は……いや、それよりもまずは、その手前にある大きな箱をご覧ください。これこそが箱の中の箱、すべての運命の交差する箱、あらゆる希望と呪《のろ》いの詰まったおそるべき箱、まさしく《箱》と呼んでも差し支えありますまい。

されば陛下……陛下の偉大なる力によって、これらの者を庇護《ひご》していただきたい。

ごらんのとおり、わたしは一介の貧乏船乗り。彼らを護りつづける技も力も持ち合わせておりません。しかし、正義を求める心だけは確かにこの胸に秘めているつもりでございます。ひとたび彼らのこれまでの苦難をお聞きくだされば、陛下の大いなる慈悲の心はゆり動かされ、大粒の涙とともに彼らをお護りくださることは必定《ひつじょう》。

とはいえ、ここでただ陛下の御心《みこころ》にすがるだけでは、貿易商人であるわたしの名折れ。利益を生むからこそ人は財物をやりとりし、わたしどもは危険をかえりみず遠い国へとやって来るのです。

そこで、陛下、もしも彼らを二十年……いや十年でもよろしいですよ！……護っていただけるならば、とっておきの秘密をお知らせいたしましょう。このわたしが命に代えて手に入れた秘密、この地に百年の繁栄をもたらすはずの知識でございます。……〉

うむ、そうだ。

南蛮人というやつは、どれもこれもひどく芝居がかった語り口をするが、あの男は中でもとびきりの口上手だった。

声を低めて、あやつめは、こんなふうに続けたのだ。——

〈……陛下の偉大なる王国に、危機が迫りつつあります。

大いなる危機でございます。

海の彼方より、近づくものがあります。この豊かな海を見守る媽祖《まそ》の女神に誓って、また多くの船を導く橘媛《たちばなひめ》の精霊に誓って、これは本当のことでございます。

あと一年は無事でありましょう。

五年もまた大過なく過ぎましょう。

しかし十年は、けっして保《も》ちますまい。それは近づいております。嵐が夏に訪れ、冬に冷たい雨が降るように、そして人の心を欲望と不安が必ず揺り動かすように、それは間違いなくやって来るのです。それを避ける術《すべ》はございません。問答によって押し返すことも、剣によって斥《しりぞ》けることも、叶《かな》いません。

ただし、この《箱》さえあれば……そして《箱》を護るべく定められたこの三人を、陛下の庇護のもとにおかれましたらば、来たるべき災厄を陛下は幸運へと変えることができましょう。なぜならこの《箱》には、あらゆる海を統《す》べるための三つの宝が、蔵《おさ》められているのですから。〉

そこでぴんとが背後の三人に目配せをして――するとすぐさま、いぶらひむとやらの手によって《箱》が開かれた。そして顔を隠していた若い水夫が、その中身をそっと抱き上げたのだ。

丸い黄金の首飾りを裸の腹にのせたまま微睡《まどろ》んでいる……ほんの数日前に生まれたばかりとしか思われない、ひとりの赤子をな。

と、そのとたん。――


〈……ここから先は、わたくし自身がお話しいたしましょう。〉


水夫が言葉を発したかと思うと、黒い薄衣《うすぎぬ》をするりとはずし……なんということか。

われら一同の前にあらわれたのは、うつくしい、幼い少女と見まがうほど若々しい

――しかし、すべやかな褐色の肌のゆえか、神《かむ》さびた寺院のごとく威厳に満ちた――ひとりの姫君だったのだよ。……

三、

長兄の長い影を踏まぬよう、三歩ほど下がり――そのかわり次兄の影はかまわず幾たびも踏みつけにしながら――又六郎はつぶやいた。

「大兄上《おおあにうえ》はまだ隠し事をしておられます」

「いやいや、又六郎。そのようなことはないぞ。前にも話したとおり、そこから先は直《じか》には知らぬのだ。お祖父《じい》さまが人払いをしたのでな」

長兄はふりかえって、

「おぼえておる限りのことを、わしはいつも語っておる。……あのとき、父上の他は、みな控えの間に移った。もちろん聞き耳は立てたさ。わしも、叔父上たちもな。

だが、すぐにお祖父さまと、ピント殿が連れてきた三人の奇妙な南蛮人は、〈海の民〉の言葉で語るのをやめて筆談を始めたらしく、なにひとつ聞こえなくなった。

一刻《こく》ほど、そうして密談が続いてのち、父上が一同の前にあらわれて仰《おお》せになるには、本日の仔細《しさい》は一切他言無用、例の三人はもちろんピント殿がこの薩摩にあらわれた件も記録に残すこと相成らぬ、火縄銃については信頼厚き家臣の種子島家に預けて……そう、あの島は佳《よ》い鉄を産するし、腕のたつ鍛冶《かじ》の匠《たくみ》も多いからな……それきり三人の行方は、お祖父さまと父上を除けば誰も知らぬ。

もちろん風聞《うわさ》はたったぞ。やれ、この清水《しみず》のお城の地下牢《ちかろう》に囚《とら》われているの、指宿《いぶすき》の洞穴に匿《かくま》われてのち琉球の王へと売り渡しただの、厄《わざわい》の根は絶つべしと父上が手ずから切り捨てた、という話まで出た。

さすがにそれは真《まこと》ではないはずだ……なにしろ、わしはこの目で、件《くだん》の三人が小舟に乗せられ、夕闇《ゆうやみ》の中いずこともなく運ばれてゆくところまでは、確かめたのだから。そうだったな、助三《すけぞ》」

名前を呼ばれて、栗毛を引いていた下僕は、

「又三郎さま」

と低い声で応《こた》えたきり、押し黙る。

「なんだ。憶《おぼ》えておらぬか」

「はあ」

「他言無用と言うても、今はかまわぬぞ」

「は」

「ここには、われら三兄弟しかおらぬ」

「は」

「ふうむ。あいかわらず口数が少ないな。助の一族は皆そうだ。いや、そのほうが厳《いか》めしく映るやも知れん。常々それが足らぬと言われておる身、ここは助三に倣《なら》うとするか」

「厳めしさにかこつけて、大兄上は、私たちに仔細を伏せ続けるおつもりでございましょう」

「仔細を伏せる？　そのようなつもりはないぞ」又三郎が顎を撫《な》でる。

「そうに決まっております」

「ふむ。そうか。なるほど、おぬしほどの賢い者がそう申すのならば、そうかもしれん。これは気づかなんだ――はは、己の心底というやつは、かえってよく見えぬものだ」

「戯《ざ》れ言《ごと》で誤魔化さないでください」

「そうですよ、兄上」

　又四郎も、ここぞとばかり弟に加勢した。

「おれも仔細を知りたいのは同じ。三人の行方はともかく、謎解《なぞと》きをせねば落ち着きませぬ。ピント殿が告げた〈災厄《わざわい》〉とは何を指すのか？　その〈災厄〉すら福に転ずるという〈三つの宝〉とは？　〈宝〉があれば、あまたの海をことごとく手中に収められるというのは、まことなのですか？　箱の中の赤子が抱えていた円《まる》い首飾りとやらがその〈宝〉なのか、それとも――」

「ふふ。憂《う》き世の宝に執着しすぎると真《まこと》の妙宝を見失おうぞ」又三郎が、祖父・日新斎《じっしんさい》の口癖を真似《まね》てみせた。

「それでもけっこう。われら島津一族が海を統《す》べるに有用とあらば、憂き世だろうが唐《から》天竺《てんじく》だろうが、おれは獲《と》りに行きますよ」

そしてその〈宝〉を手にした兄上が、一族を率いて、波と潮を統べるお姿を見るためであれば——という一言は、口に出すまでもなく、その場にいる全員に伝わっていた。

「しかし、まことに知らぬのだ。あの不思議な訪人《まろうど》が小舟に乗せられて波のむこうへ消えてゆき……うむそうだ、そういえばその折、父上がこう仰せられたな。《これで庚戌《こうじゅつ》の年までは、猶予《ゆうよ》を与えられたわけだ。ピントめにも、あの赤子にも。さて又三郎、おぬしもそれまでには立派な武者《もののふ》に育っていてほしいものだが》とな」

「戌《いぬ》年というと……兄上！」又四郎の大声が響く。「それは、もう来年のことじゃありませんか！　十年ではなかったのですか!?」

「ふうむ。そう言えばそうだな。今の今まですっかり忘れておったが」

「あ、兄上っ！　そ、そ、そのような大事を忘れたふり——」

「はっは、そう怒るな。さてさて、昔語りに興じておるうちに湊がすっかり目の前だ」

三兄弟の足元は、すでに白い砂だった。

眼前には、いつもどおり広々として穏やかな内海に面した、鹿児島の湊。——あらゆるものがそこにあり、あらゆる人が行き来していた。

陽に焼けた漁師、あたりを油断なく見回す隻眼《せきがん》の商人《あきんど》、酒や茶を売る女たちの喚《よ》び声、足元にまとわりつく裸の幼子たち。束ねた宋銭《そうせん》が銀の分銅と交換される。白粉《おしろい》と天秤棒《てんびんぼう》が、そこかしこで仕事をこなす。

そんなかれらが待ちかまえるのは——外海からやってくる船、船、船。

南から吹く夏の大風《おおかぜ》に押され、黒ぐろとした力強い潮を乗りこなして鹿児島の湾に入り、しかし浅い浜には近づきすぎぬよう沖合に泊まっている、大小さまざまな商船だ。

百人乗りの唐船《とうせん》。ほっそりとした和船。加えて、近ごろしきりに見かけるようになったのは、帆の数の多い、丸々と太った南蛮船。

財物をたっぷり腹に貯《たくわ》えたそれらにむかって、これまた無数の艀《はしけ》が港から放たれ、ここぞとばかりに右に往《ゆ》き左に渡る——艀はこすれ合い、荷運びの人夫たちが喚《わめ》き合い、奉行の配下たちがわらわらと乗り込んでは積み荷をあらため、あるいは賄賂《わいろ》をつかんで目をつむる——あたかも巨大な蛸《たこ》の如《ごと》く、鹿児島の港市そのものが、じわじわと沖にむけて、大小の触手を伸ばしてゆくのだ。

そして歓声とともに商いが始まる。

甲板では賽《さい》を振る乾いた音が響き、銅鑼《どら》がひっきりなしに叩《たた》かれ、毛並みの良い馬たちが船倉からぞろぞろと現れ、孔雀《くじやく》が長い首をもたげ、ぬめぬめとした蛇の胴が踊り娘《こ》の腕にからみつき、異国の祈りの文句が法華宗《ほっけしゅう》の団扇太鼓《うちわだいこ》にかき消され、禅僧たちが大声で笑い、干物を売り歩く子供が駆け回り、積まれた米俵が崩れ落ち、嬌声《きょうせい》をあげながら遊び女たちが腰を振り、潮の香りは焦《こ》げた魚の匂《にお》いと混じり合い、銀塊と砂金が袋ごと行き交い……。

夏が訪れるたびにくり返される、ごく当たり前の――しかしいつ見ても心躍らされる賑《にぎ》わいぶりが、そこにあった。

それまで熱中して語り合っていた〈宝〉も〈災厄〉も忘れて、島津の御曹司《おんぞうし》たちは、熱気あふれる市に見とれている。

と、

「昔我宋中《われそうちゅう》に遊ぶ、惟《こ》れ梁《りょう》の孝王《こうおう》が都なり――」

又六郎少年が、美しい声で諳《そら》んじはじめた。

昔我宋中に遊ぶ　惟れ梁の孝王が都なり
名は今陳留《ちんりゅう》に亜《つ》ぎ　劇は則《すなわ》ち貝魏《ばいぎ》に倶《ひと》し
邑中《ゆうちゅう》九万家《か》　高棟《こうとう》は通衢《つうく》を照らす
舟車《しゅうしゃ》は天下に半《なか》ばし　主客は歓娯《かんご》多し

続く対句を、少年はひときわ愛《いと》おしげに、高らかに暗誦《あんしょう》した。

「白刃《はくじん》不義に讎《あだ》し、黄金有無《おうごんうむ》を傾く、人を紅塵《こうじん》の裏《うち》に殺し、報答斯須《ほうとうししゅ》に在り――白刃は不義なる者を懲《こ》らしめて黄金は多少にかかわらず使いきる、路上で人を殺しても直《す》ぐさま報復を受けるだろう――まさにこの鹿児島の繁栄ぶりそのままです。そうは思われませぬか、大兄上」

「ふむ、なるほど。それにしても上手《うま》いものだ。おぬしが作ったのか、今の詩は」

「なにを仰せですか。杜甫《とほ》ですよ、決まっておりましょうに。大兄上も和尚《おしょう》からこれを教わっているはずです」

「そうだったかな」

「困ります、大兄上」

「はは、そうか。困ったか」

又三郎は微笑する。詩を忘れたことを誤魔化す笑い……ではない。彼の弟が、おそらくは己でも気づかぬうちに育《はぐく》んでいた大望を暗に露《あら》わしたことへの、笑みだった。

なぜならその詩は、のちに詩聖と讃《たた》えられた杜甫の若かりし日――三人の青雲の志に燃えた青年が、都の賑わいを前にして栄達の未来に思いを馳《は》せる、そんな一場面であったからだ。

「ふん」又四郎のほうは、しかし、そこまで読みとらなかったらしい。「よく憶えているな、そんな長ったらしい詩なんぞを」

「つい先日、お寺で共に教わったばかりではありませぬか」少年は、一日おきに通わされている福昌寺《ふくしょうじ》のほうを、ちらりとふりかえった。「大兄上はともかくとして、四郎兄《しろにい》は、もそっと真面目《まじめ》に書物と取り組んだほうがよろしいかと存じます」

「書物？　孫子《そんし》ならまだしも、杜甫だ李白《りはく》だ何だと――平仄《ひょうそく》で戦に勝てるか。押韻《おういん》で兵の腹がふくれるか。お祖父さまが直々に定められたことゆえ今まで抗《あらが》わずにおったがな、おれはそちらにはむいておらん。他に修めたい技がいくらでもあるのだ。

弓箭《きゅうせん》、刀鎗《とうそう》、馬術に水練、そしてなにより操船だ。薩摩を制するには、なんといっても海が要《かなめ》だからな。お祖父さまの代から宗家を継いだと言うても、まだまだわれらに抗する分家も多い。伊東《いとう》や肝付《きもつき》の一族も、近ごろは大人しいが何時《いつ》また刃向かって来るやも知れぬ。そしてそのむこうには大友《おおとも》もいる、龍造寺《りゅうぞうじ》もいる、大内《おおうち》もいる……寺通いどころか寝る間も減らして、すべて武の修練に費やしたいくらいだ。そして一刻も早く戦《いくさ》場《ば》に出たいのだ。古の頼朝公が如く、はたまた楠公正成《なんこうまさしげ》が如く、攻めて良し、守って良し、城を陥《お》とし、所領を増やし、次々と敵将の首を獲り――それはともかく、おれの呼び名を何とかしろ」

「と仰せられますと」

「なぜ、おれは『しろにい』なのだ。どうにも童子《どうじ》のように響いていかん。兄上のことは、きちんと呼んどるくせに」

「では小兄上《こあにうえ》とでも」

「阿呆《あほう》。せめて中兄上《なかのあにうえ》だろうが」

「私の兄はお二方のみで、中の兄なぞ居《お》りませぬ」

「そういうことではない。兄上と、おれと、そしておまえで、ちょうど大中小ならば据わりがいいという話をしている。そもそも……」

と、そこで彼はぴたりと動きを止めた。

四、

又四郎にかぎらない。

他の二人はもちろん、後ろにしたがう助三も、彼の引く栗毛の馬も、空を旋《めぐ》っていた鳶《とんび》たちも、さらには湊で商いに精を出していた男も女も……一人のこらず動作を止めて、いっせいに、眼前の内海にそびえる巨《おお》きな山のほうを向いた。そして大地の揺らぎと、大気の細かな震えを、全身で受け止めた。

桜島《おやま》が、火を噴いたのだ。

「おお。今日も御岳《おやま》は確《しか》と目覚めておられるな」嬉《うれ》しそうに又四郎が言う。彼の身から湧《わ》き出んばかりの覇気は、あるいは、この巨大な火山の熱気と呼応するところがあるのだろう。

「御岳か。ふむ、御岳といえば……」又三郎が、またひとつ思い出したように、顎をさする。

「如何《どう》しました、兄上」

「……うむ。先だって叔父上らより聞いたことだが。近ごろは御岳のふもとに、鬼が一匹出るそうな」

「鬼？」

「いかにも鬼だ」

「ただの風聞《うわさ》でしょう」

「ただの風聞やも知れぬが、ただならぬ鬼だそうだぞ。身の丈は優に八尺、眼は蛇《くちなわ》の如く紅《くれない》に燃え、腕は屋久島《やくしま》の大樹よりも太く、髪は茶色く蓬《ほう》さながら、近づく者は指先で捕らえて食らうという……一匹だけではないぞ、これに前鬼後鬼が従っておるから総勢三匹。さらに、その大鬼の母者《ははじゃ》たる美しい姫御前《ひめごぜ》も居るという。長い黒髪の、まことに美しい女性《にょしょう》だとか。己のような醜い子を産み落としたがために姫御前は国を追われ、そこでこの鬼めは御岳の岩の隙間《すきま》に母を隠して護り、いつかは国へ舞い戻って、己ら親子を追い出した憎き縁者どもを食い殺さんと誓うておるので――」

「ちょっと待ってください、兄上」又四郎は、はたと何かに気づいたようだ。「それはもしかして――あの、例の南蛮の姫君たちのことでは？」

「ん？　なるほど、そう言われればそうだな。人数も合う」

首をひねる長兄を前に、二人の弟は顔を見合わせる。互いの裡《うち》にわきおこった思いは、それぞれ容易《たやす》く読み取れた――われらが兄者は、いったい幾つ隠し事をしているのだ？

そして、なぜ今日にかぎって、それらを小出しに洩《も》らす気になったのか？

「如何《いかが》した、二人とも。わしが何かおかしなことでも言うたか」

「いえ、そういうことでは」

「ふむ。ならば良いが。常々、わしの話し振りは武家らしからぬと言われておるからな。

……それはさておき、わしの聞いた話はまだ終《しま》いではないぞ。面白い続きがある」なんとも愉《たの》しげに、又三郎は言葉を継いだ。「これまでは何人《なんぴと》も、近づけば食われてしまうということであったのが……いかなる法力《ほうりき》を用いたものか、僧形《そうぎょう》の者がひとり、この鬼どもを手なずけた。それどころか今では夜な夜な、独り小舟で鬼の住処《すみか》を訪《おと》のうておるというのだ。これを聞いた折には、なるほど化物を調伏《ちょうぶく》するならば坊主《ぼうず》の役目だわいと得心いったのだが、どうやらそこまで易《やす》い話ではないらしい」

「と言うと」

「叔父上曰《いわ》く、この僧、鬼のほうは丸め込んだものの、その母者までは上手《うま》くいかず……いや、むしろ上手くいきすぎたのか。かえって姫御前の色香に迷うて、昵懇《じっこん》になってしもうたのだとか。

さて、ここまでは、どこぞの上人《しょうにん》が画説きをして賽銭《さいせん》でも集めそうな因果応報《いんがおうほう》話だな。が、又四郎、おぬしの言うとおり、この鬼やら姫御前やらが、あの南蛮より流れ着いた客人たちということになると……これは少々、話が違うてくる」

「ということは、つまり、お祖父さまが？」

「まさか」長兄は首をふる。

「でしょうな」又四郎も、一の矢で真相を射抜けたとは思っていない。

あの南蛮の姫の居所を知っているのは、かれらの父・貴久《たかひさ》と、祖父である日新斎のみ。しかし近ごろの日新斎は、鹿児島から山ひとつ越えた十里の南、外海を見おろす加世田《かせだ》の屋敷に居る。夜な夜な通うにしては、少しばかり無理があった。

「となると……」

「坊主に身をやつしておるのは、われらが父上、ということになるかな。なにしろ姫御前、いや南蛮の姫はとびきり美しい女性。実のところ、童に等しかったあの時のわしでさえ、思わず息をのんだほどだったぞ。となれば、さすがの父上も……」

「そのようなこと、ありえませせぬ！」

まだ幼い……潔癖という美徳を御しきれない又六郎少年である。兄たちの戯れ言めかした噂語《うわさがた》りが否応《いやおう》なく指し示すところに対し、顔を顰《しか》めずにはいられない。

そんな弟を、又三郎は、複雑な思いで見つめた。

（われら三人は母を同じうする身――）

しかし今は、その母も亡《な》い。そして父は後添いを得て、二年前には四人目の息子をも授かっている。

母の異なる末弟、又七郎《またしちろう》。

すでに元服を済ませた又三郎、そして早熟な又四郎にしてみれば、どうということもない。この下克上《げこくじょう》の世において、あたりまえの政治《まつりごと》の一場面だ。そして自分たちもまた、同じ風景の一部なのだと承知していた。

現に、又三郎の妻というのは祖父・日新斎の末娘、つまり自身の叔母にあたる。一族の結束を固めるため、祖父自らがそのように取りはからったのだ。

が、幼さの残る又六郎にとって、そうした政治の綾は、まだ遠景にすぎない。

ほんの数瞬前、杜甫の詩の裡にかいま見せた武家としての決意と、たったいま顕《あらわ》した女子《おなご》と見まがうほどの初々しさと……いずれの側へ、この少年の性根が伸びてゆくものか。

又三郎は目を細めた。

（さてさて、とは言いながら人間《じんかん》の行く末は判じ得ぬもの……われら三兄弟、いや、末の又七郎を加えれば四兄弟か……争い絶えぬ乱世なれば、天寿を全う出来るのはそのうち一人か、二人か――それとも）

「……ふうむ。そろそろだな」なにかを振り払うように目を見開き、若武者は、何気ない風をよそおって告げた。「二人とも着ておる物を脱げ」

「は？」

「脱げと言うたのだ。それ、助三」

馬を引いていた下僕にむかって、又三郎が短く合図をする。身構える間もなく、二人の若者は真新しい絹の褌《ふんどし》ひとつに剝《む》かれ、そうこうするうちに、港でいちばん貧しい漁夫でさえ捨ててしまうほどの粗末な衣を押しつけられていた。

無言のまま助三は、二人ぶんの装束を抱える。すると袖《そで》のあたりから、ごろり、と銀の塊が……続いて宋銭の束が二つほど、地面に落ちた。

「なんだ、おぬしら。えらく懐《ふところ》をあたためておったな」長兄は苦笑する。「まあ良いわ。これはこちらで預かっておく」

「あ、あの、兄上、これは一体」

「うむ。実を言うとな、本日がおぬしら二人の、内々の元服……いや、むしろこちらのほうが真《まこと》の元服式かな」

驚き顔の弟たちにむかって、又三郎は、のっそりと栗毛の馬にまたがりながら、仔細を告げた。

「さて、正式な元服の儀はお城で後日とりおこなう……案ずるな、ちゃんと加冠《かかん》の儀も酒宴もあるぞ……が、これはわれらが家祖・忠久《ただひさ》公の定めたもうた秘密の儀式。島津宗家が累代《るいだい》、薩摩・大隅《おおすみ》・日向《ひゅうが》の三州をば無事に治めんがため、あらゆる経典、四書五経、緯書に異伝に両曼荼羅《りょうまんだら》、およそこの日《ひ》ノ本《もと》に知られたる有らんかぎりの呪法《じゅほう》を集めて編み出した、とっておきの秘儀だ。

すなわち、おぬしら二人は、本日のうちにあの御岳……うるわしき鹿児島の湾に雄々しくそびえる火の山を、ぐるりと一周めぐって来ねばならん。泳いでも良いし、どこぞで舟を雇い入れても良いぞ。ただし、何を為《な》すにもおぬしら二人の力で……二人だけで……為さねばならん。心得たな。さらば次に相見《あいまみ》ゆる時は、われら三人揃《そろ》うて立派な武《つわ》家《もの》というわけだ！……」

笑いながら、栗毛にまたがった若武者は、早足の助三を従え、湊の群衆をかきわけて、悠然と南へ去ってゆく。

残された二人は、しばし無言のままだった。

が。

「――おぬしの当て推量のとおりになったな、又六郎《ろく》」

「当て推量ではありませぬ。正しい推察にもとづく、正しい観照《かんしょう》です」少年は、むきになって応じる。「数日前より父上が天候を気にかけておられたこと、お寺の漁隠《ぎょいん》和尚も最近われらの船の扱いぶりについてお訊《たず》ねなさったこと、今朝になってこの絹の褌を初めて締めさせられたこと、叔父上たちのどこか落ち着きのない所作、城を出る際の義母《はは》上《うえ》の堅苦しい挨拶《あいさつ》……ここまで揃えば、実相を見極めるは容易いことです。信じなかった四郎《しろ》兄《にい》のほうがおかしい」

「信じなかったわけではないぞ。おれは疑り深いのだ。武将たるもの、おいそれと相手の言《げん》を信じてはいかん。いつ敵方に寝返るかもわからんのだから」

「実の弟を敵呼ばわりして、なにが武将ですか。そも、この私が四郎兄に敵対するなど有り得るはずもない」

「言葉の綾だ、気に病むな」

「病みまする。大いに病みまする」

「わかったわかった」と又四郎。「しかしだぞ、おまえの推量も当たりはしたが、せっかく用意した銭《ぜに》も銀も残らず没収されたではないか」

「まさか装《よそお》いごと一切合切持っていかれるなど、予《あらかじ》め期することはできませぬ。私は鬼神でもなければさとりの化生《ばけもの》でもないのですよ」

「敵将も駄目なら鬼神も駄目か。注文の多いやつだ」

「四郎兄ほどではございません。だいたい、私のことを信じてくだされば、別の策もありましたものを」

「なんだ、策があるのか。それを早く言え。その策でゆこう」

「ですから！　私の話を聞いておられるのですか、四郎兄！」

「その『しろにい』は止《や》めろと言うに！……」


……と、そんな二人の弟の潑剌《はつらつ》とした言い争いを、湊《みなと》の喧噪《けんそう》越しに、背中で聞くともなく聞きながら——馬上の又三郎は、供の助三にも判《わか》らぬほどの小さな声で、憶えていなかったはずの杜甫の詩を終わりまで口ずさんだ。

気　酣《たけなわ》にして吹台《すいだい》に登り
古《いにしえ》を懐《おも》うて平蕪《へいぶ》を視《み》る
芒碭雲《ぼうとう》は一去《いっきょ》し
雁鶩《がんぼくむな》空しく相呼ぶ

今は亡き王朝の栄華の中、才も豊かな三人の若者が、それぞれの道へと別れゆき、永遠にその輝かしき日々と決別する——そんなくだりを。

五、

舟の手配は、又六郎の「別の策」どおりには運ばなかった。

手当たり次第に二人は声をかけたが、顔を見知っているはずの商人や、漁師や、物売りの女たちさえもが、

「——おや、どこかで見たような坊主たちだねえ。なに、舟を貸せ？　さて困った、ちょうど今は出払っておるのだ」

「——ほほう、島津の若さまと言い張りなさるかい。はてな、わしもこの湊に腰を据えてから大分経《た》つが、若さまがたが、このようなみすぼらしい身なりでおるところは、とんと見かけたことはないのう」

「——はてさて、舟の借り賃とな。ごらんのとおり今は書き入れ時、いっとう値が張る日和《ひより》じゃて。一艘《そう》貸してもよいが、そうさな、ざっと一貫でどうじゃ。なに、高価《たか》い？　一銭も持ち合わせがない？　おぬしら、わしを老人と見て、からかっておるな？」

と、なにかしらの理由をこねあげて、櫂《かい》の一本さえ貸そうとしない。しかもまわりでは、にやにや顔の見物人が集まってきた。

二人が事の次第を悟るに、さほど時は要しなかった――すなわち、この湊に集う商人たち、いや湊そのものが、今日の〈内々の元服〉の仔細を知っており、それに嬉々《きき》として加担しているのだと。

「なるほどな」

又四郎は大きく息を吐いた。

考えてみれば、当然のことなのだ。今、鹿児島を含めた薩摩国の南半分は、島津家によって支配されている。そこに住まう家臣たち、あるいは領民たちは多い。が、しかしその中の一人として、

――無条件の服従
を示すものはいない。

そもそも、そんな考え自体が、かれらの裡にないのだ。

たとえば、ほんの十数年前まで島津宗家に対して分家はことごとく刃向かっていたし、この鹿児島の湊すら宗家の支配するところではなかった。

そうした土地柄であり、また世の流れでもある。

民も、家臣も、忠節はあるが盲従はない。故《ゆえ》なく裏切りはしないが、誇りを傷つけられれば一命を賭《と》しても抗い抜く。仮に、己の外《ほか》のなにものかに、ひと時であろうと従うとなればその理由《わけ》はただ一つ。義理でもなく、人情でもなく……己よりもすぐれた相手

であるからだった。そこには、相手の器量、という基準しかない。

器量！

これこそが、永らく、この日ノ本を貫いてきた理《ことわり》だった。単なる血統の良さではない。かといって勝手気儘《きまま》な力の誇示とも異なる。正しき家に生まれ、正しき名と所領を受け継ぎ、しかもそれらをさらに高めてゆける者。誰もがそんな者を求めていた。誰もがそうした男に従った。それゆえに、そうでないと判った偽者《にせもの》は躊躇《ためら》うことなく斬《き》り捨て、蹴《け》倒《たお》し、追い落としてきたのだ。

それこそが乱世と呼ばれるものの正体だった。と同時に、かれらの常なる暮らしだった。

常であるからこそ、かえって文字にも残されない。しかし、かれらは、ただひたすらに自らのおこないによって……弓箭《ゆみや》と鎗《やり》と刀によって……無言のうちに叫び続けてきたのだ。

家臣も、民も、海の流れ者たちも。

この薩摩という力強い領国において、その叫びはもっとも大きく、高らかに、響きわたっていた――

われらを使いこなしてみるがいい！

われらの国を豊かにしてみせるがいい！

その時われらは、おぬしのために、命さえ捨てて戦いぬこうぞ！

「なるほど」試されているのだという思いに、しかし、又四郎の口調はむしろ愉しそうだった。「これはたしかに元服の儀だ」

「四郎兄――」

「が、このくらいで退《ひ》き下がるわけにはゆかん。なにしろ、おれは一刻も早く立派な武将になって兄上を日ノ本一の……いや、三国一の大名にせねばいかんのだからな」

「では」

「ん？」

「いまひとつ」と少年が言った。「策が、無いわけではありません」

しばらくして。……

「艀《はしけ》を貸せ、だと？」

ざわめく湊から市場へぬける目抜き通りの中ほどで、おろしたばかりの荷を吟味していた明国《みんこく》人の商人が、二人のみすぼらしい若者に声をかけられ、目を白黒させていた。

「そうだ」二人のうち年かさのほうが、すこしも臆《おく》するところのない口ぶりである。

「無料《ただ》でとは言わぬ。賭《か》けをしよう――ぬしが商うておるのは、見たところ火薬と種子《たねが》島《しま》のようだが」

「いかにも鳥銃《ちょうじゅう》だ」商人は胸をはる。どうやら新参者らしく、己の相手が島津家当主の息子であることに気づいていない。「買い入れたばかりの、とびきり優れた品だ」

これまでの粗雑な石火矢《いしびや》とは異なり、飛ぶ鳥をも狙《ねら》って仕留めることができる……というところから、明人は火縄銃をそのように呼ぶことが多い。

対して薩摩では、あの南蛮商人・ピントが持ち込み、種子島で数年前から模造され始めたものが、本物よりも質が良いとの評判が広まって、いつのまにやら〈種子島〉が通り名になっていた。

高価な武具である。

おまけに、これまた高価な火薬と弾を詰めるのにひどく手間がかかるうえ、いったん狙いを外せば、敵の矢のほうが文字どおり矢継ぎ早に襲いかかってくる。およそ実戦むきではない。

だからこそ――かえって、これを購《あがの》うて用いる者はよほどの腕前か肝のすわった豪の者に違いあるまい、と一目置かれることになる。

結果、薩摩の武者たちはこぞってこの珍奇な武器を買い入れ、腕前はともかくとして常に身に帯びて歩き回るのが、近ごろの流行《はや》りとなっていた。

「その種子島を、わしが構えて、大股で百歩離れた的にむけて放つ。そうだな……そこに釜《かま》があろう、そいつをどこぞの松の枝にでも引っ掛けて的としよう。いや、ただ放つだけでは面白くないな……的に背を向け、目もつむろうか」

ざわ、と辺りにいつのまにか集まっていた見物人たちが、顔を見合わせた。

火縄銃の弾がとどくのは、せいぜい五十間《けん》。狙いを定めて見事に当てるとなれば、鉄砲に慣れた武芸者でも三十間で二つにひとつというところだ。一間といえば小さな歩幅で四歩ほど、大股でゆけば三歩ですむ。すなわち百歩は、その三十間にほぼ等しい。

それを、的も見ずに当てようと言うのだ！

「見事的中させたらば、ぬしの艀を明日まで貸してくれ。よそでは見られぬ武芸の見物料だ、悪くはなかろう」

「外れたらば？」

「そうだな……ここにおる、おれの弟を売ろう。使い途《みち》はいくらでもあるぞ。このとおり見栄《みば》えも悪くないし、知恵もまわる」

ことともなげに又四郎が約束し、隣に佇《たたず》む又六郎も黙ってうなずいたので、群衆は今度こそ、どっと声をあげた。

――おい！　おい！

――聞いたかや、聞いたかや！

――おう、橘媛《たちばなひめ》にかけて、まちがいなく。

目に見えぬ火薬に引火したかのように、かれらの熱気が右へ左へと伝わってゆく。

(――なるほど島津の若殿め、たいした胆っ玉じゃ!)

(――いやしかし、万一外したらば又六郎さまを、まことに売り払うおつもりか? まさか!)

(――なにしろ相手は明国人、海禁《かいきん》の大法を破ってまでして、商う品々を密《ひそ》かに輸《はこ》んでおるくらいだ。多少のことでは退き下がるまい……話がこじれてしまえば、ちょっとした騒ぎになるぞ!)

(――それとも、もしや……わざと事を荒立てて、その隙に艀を奪う算段か?)

(――なんだと? そんなことをされてみろ、わしらの商いはどうなる! せっかく今年は大した諍《いさか》いもなく、よい市が開かれておるというに)

(――いや、ここはむしろ荒事《あらごと》が望ましいわい。わしの薬が売れるからな!)

(――莫迦《ばか》をいうな!)

(――静かに、静かにせい!)

　そんな、見物人たちのざわめきをよそに。

　明国人との商談は成ったらしく、市のはずれにある松の、ひときわ大きな枝に釜が掛けられ、いっぽう又四郎は少しも気負わず、ゆるりと、ほとんど拙《つたな》いほどの手つきで火縄銃に火薬と弾を詰めてから、くるりと大樹に背を向けて銃身を肩にのせる。

　そうして、目の前で腕組みをしている明国人へ、朗らかに微笑《ほほえ》みかけた。

「あとは目をつむるだけだな」

「きちんとつむらねば、賭けはおぬしの負けだぞ」

明国から来た商人は今一度、又四郎のうすよごれた身なりを眺める。この風体では、高価な鳥銃や火薬を扱った例《ため》しなぞ無いに決まっている――そんな己の判断をくつがえす材料を商人は探したが、かけらも見つからない。

「では」

又四郎は両目を閉じる。その顔を、商人はじろじろと睨《にら》む。その商人の大きな背中を、大勢の見物人たちが、しんと静まり返ったまま、さらに睨みつけ、そして、ついに――

いつのまにか姿を消していた又六郎が、どこからともなく再び現れ、啞然《あぜん》と見守る明の商人の前を堂々と横切るや、又四郎のかまえた銃身の向きをおもむろに両手で直し、

「このあたりでしょうかね」

と呟《つぶや》いたかと思うと、

「いざ！」

かけ声の直後に、轟音《ごうおん》が響きわたった！

「四郎兄、お見事！　的中！」

「……お、おい、待て、待たぬか！」

明国人が又六郎につかみかかる、と同時に見物人たちも、

──今のは卑怯《ひきょう》だ！　違うか、おい！

──いやいや、独りで射つとは誓うておらん！　言《げん》を違《たが》えたことにはなるまい！

──そうだそうだ、この間抜けな明人が騙《だま》されたに過ぎんわい！

──な、なにを！

──文句があるのか、この明人めが！

──黙れ、琉球の腐れ商人め！

──言うたな！

──言うたが悪いか！　前から、ぬしらのことは気に入らなかったのだ！

──こら、そこな外道、わしの商品を踏みつけにするか！

──ええい邪魔だ邪魔だあ！

どっとばかりに群衆は、大風に吹かれた外海の波さながらに、二つの派にわかれて、つかみ合いを始めていた。

「こりゃいかん、こんなつもりは……ええい仕方ない、逃げるぞ又六郎《ろく》！」

「お、おい、わしの鳥銃──」

明人の悲鳴に応える間もあらばこそ、高価な火縄銃をつかんだまま砂を蹴って走り出

す又四郎……の数十歩先を、身軽な弟は、すでに海にむかって力いっぱい駆け出していた。

◆

――けっきょく、二人が手に入れたのは、丸木《まるき》をくりぬいただけの、今にもこなごなに砕けてしまいそうな、腐りかけの艀だった。

おさまりのつかなくなった騒ぎを逃れて、湊の北のはずれ、船に棲《す》む漁師たちの縄張りまで走り抜いた。そこで、貧しい家船《えぶね》の主と、又四郎が明人のもとから目ざとく持ち逃げしていた火薬のひとつまみと、舟一艘とを、交換するということで話がついたのだ。

「それにしても、おれたちの門出にふさわしい見事な船だ」

「ただの古びた丸木舟ではありませんか」

前後に並んで漕《こ》ぎ出した二人……又四郎は舳先《へさき》の前にひろがる真っ青な空と海を愉しみ、後ろに座った弟のほうはあいかわらず俯《うつむ》き加減だ。

「どうせなら、種子島をゆずって、あの者の船をまるごと買えばよかったでしょうに」

「阿呆、この鉄砲は兄上への献上品だ。それに、あの船は家でもあるんだぞ。強いて売らせれば、主も家族も困ろうに」

「それはそのとおりですが……それにしても、こんな水漏れしそうな代物《しろもの》で――言っているうちから水が入ってきましたよ、四郎兄《しろにい》！――御岳を巡るとなると、もっと忙《せわ》しく漕がねば、とうてい間に合いませんよ。それに、この湾内《うみ》がいくら島津の領内とはいえ、いつどこから敵の諜者《しのび》があらわれるか……」

「細かいことを気に病むな」青年は太い腕で、ただの木の板にしかみえない櫂を大きく動かす。「まだたっぷり半日はある。いざとなれば、泳いで帰ってくれば良いわい」

「ちょっとお待ちください、それはつまり、この舟が沈むということですか」

「万一の話だ！……」

などと、あいかわらずの言い争いをしながら、それでも舟はしっかりと進んでゆく。

いったん北にむかい、桜島を右に、霧島《きりしま》を左に眺めつつ大隅《おおすみ》国の側へ、そしてそのまま潮に乗って南へ――そのころには陽もすっかり傾き、かれらの上半身を正面から紅《あか》く照らしていた。

桜島はかれらの右手に、雄大な姿を横たえている。つぶさに見れば、山の頂きから麓《ふもと》まで、樹木は少なく、奇岩だらけである。融《と》けた岩が火口からこぼれ出し、海とぶつかり冷やされて、奇妙にねじくれたままで固まってしまう……長い歳月《としつき》をかけて、この巨《おお》きな山は、世にも奇《あや》なる景色を造り出してきたのだ。

「如何《どう》だ、おれの言うたとおりだろう。これなら夕餉《ゆうげ》に間に合うわ」

「おかしな雲が出てきましたよ」南の空を指し示す又六郎、あくまでも冷ややかである。

「それに私の腕は、もう疲れて動きません」

「まだまだ修練が足りんな」

「四郎兄と違って、私は書物の修練に勤《いそ》しんでおりますゆえ」

「減らず口ばかりだ。きっと口から生まれて来たに違いあるまいな、おまえは」

「では四郎兄は踵《かかと》を先にして出てきたのでしょうね。そうすれば頭《おつむ》が終《しま》いになります」

「なにい!?」

どこまでも尽きぬ言葉の戦《いくさ》を続けながら、それぞれの裡に、さても相似た想《おも》いがよぎる。

（まったく、兄というものは）

（この弟というやつは……）

己の都合では択《えら》ぶことのできない、血のつながりという厄介なるしろもの——しかし、見方を変えれば、かれらの暮らしは大半がその血統から成っているのだ。戦となれば血族を集め、敵と和睦《わぼく》するには婚姻を用い、親から子へと所領は受け継がれてゆく。善きにつけ、悪《あ》しきにつけ、この兄と弟は……日ノ本の津々浦々で生き抜くすべての者たちと同じく……そうした血統という譜《ふ》の裡にあって生きてゆくしかないのだった。

「ときに四郎兄」

「おれの悪口をまだ言い足りないのか」

「違います。せっかくですので、確かめておこうと思いまして……その、大兄上のことで」

「なんだ。妙にあらたまって」

　弟の声色に秘められた何かに、若者の櫂が止まった。

「──なにゆえ、大兄上を三国一の大名にしようと思っておられるのですか」

「おまえはしたくないのか」

「したくないはずがありましょうや！」少年の大声は、波を押しわけんばかりだった。

「私は……私こそ、大兄上のためなら、この命の一つや二つ今すぐにでも投げ捨ててみせますとも」

「わかったわかった、わかったから落ち着け」

「私は落ち着いております。落ち着いていなかった例しなど、ありません。……それで、御返答は」

「決まっておろうが。おれよりも兄上の器量が優《まさ》っているからだ」

　あっさりと、青年は言った。

すでに家臣たちの中には、名家たる島津の跡取り息子とは思えぬほどの、茫洋《ぼうよう》とした又三郎の所作を眺めては、

——はたして宗家の行く末や如何。

などと賢《さか》しげに訝《いぶか》しんでみせる者もいた。

そして、覇気に満ちた次男・又四郎のほうが主君の貴久を継ぐにふさわしいのでは、などと早くも口にする者さえも。

そうしたことを、この十五歳の若者は、すでに知るともなく知っていたが。

「兄上のほうが優っている」又四郎はくりかえした。「おれは知っている。おれさえ知っていればいい。あの年寄りどもが何を噂しようが、かまうものか。この元服の儀が済めば、おれはいつでも戦に出られるのだ。すぐにでも……そう、明日にでも、われら島津は攻め始める。攻めて攻めて、攻めぬいてやる」

「攻める——いずこを？」

「まずは北だ」

彼の返答には、いっさい迷いがない。

「この内海までは叔父上たちの働きのおかげで、われらの郎党が抑えている。となれば、東の大隅《おおすみ》が陥ちるのもそう遠いことではあるまい。つまり、おれやおまえの真の戦場《いくさば》は、

その次ということになる。薩摩《さつま》全土を先ず抑《ま》え、大隅、日向《ひゅうが》と攻め込んで、お祖父《じい》さまが常々仰《おお》せの島津家悲願の三州平定……と上手《うま》く運べばよいが、そう容易くはないだろう。われらが大隅を征したとなれば、日向の北に陣取る大友が必ず出てくる。そしてあの一族は、おまえも知ってのとおり、さらに北の大国――大内氏とは縁戚《えんせき》にあたる」

若者は、内海のかなたを見つめていた。そして、その北にひろがる大地を。

大内氏！――戦国の雄、長門《ながと》・石見《いわみ》をはじめとする六ヶ国の王者、島津と同じく鎌倉殿の御代《みよ》以来の長い由緒《ゆいしょ》を誇る家柄、さらには足利将軍をも左右するという莫大《ばくだい》な財力。博多から京に至るまでの無数の湊、津、浦、浜、島々……それらの過半を領有し、明国や李氏朝鮮など北からの文物は、大内の領国を通らずして京へ辿《たど》り着くことがないという。

(遅かれ早かれ、争うことになる)

又四郎は確信していた。――おれは兄のために、いつか北へと攻め込むだろう。そして兄のために、遠い北の地で命果てるだろう。

(それも佳《よ》い。人は死ぬ。戦場に出ようと出まいと、いつかは死ぬのだ。ならば戦を、おれは択ぶ。それでこそ武者。それでこそ薩摩隼人《はやと》だ！)

ふむ、と若者は大きく息をついて、うしろをふりむいた。

「おれの肚《はら》はさておき、おまえは如何するのだ」

「ですから私も大兄上のために――」

「なんだ、それではおれと同じではないか。面白くない。漕がないのであれば、せめて面白い答をよこせ」

「そのような無体を」

「では……そうだな、おれやおまえの働きによって、いざ兄上が九州を征して立派な大大名になったとしよう。それからだ。その後《のち》、おまえは何がしたい」

「のち、ですか。そののち、私は……」

少年は、思わぬ問いに言いよどむ。が、おもむろに、

「静謐《せいひつ》を望んでいるに過ぎません、私は」

「せいひつ？」

「天下の静謐です。……戦がおさまり、あまたの武家は戈《ほこ》をおさめ、刀も鞘《さや》に鎮《しず》めて、百姓《ひゃくせい》ことごとく竈《かまど》は賑《にぎ》わい、京《みやこ》に帝《みかど》の知ろしめして――」

「帝か」

又四郎が小さく呟《しわぶ》く。

「とんと聞かぬようになったな、そういえば。おれが幼い頃は父上や叔父上らが、やれ京へ三好《みよし》の一党が攻め上ったの、細川《ほそかわ》の宗家が落ちのびたのと口にしておったが」

「だからといって、帝が失《う》せたもうたわけではありません。帝はおわします。朝廷はあ

ります。五山《ござん》も、南都《なんと》も、北嶺《ほくれい》もあります。あるはずなのです。なければならぬのです。

それらがあってこそ、いつかふたたび日ノ本に静謐がおとずれる——そう、あの延喜《えんぎ》天暦《てんりやく》の聖代のように——旧《ふる》きものはよみがえり、悪しき習いは改まり、いつかきっと——きっと……そうしたら私は……」

「そうしたらおまえは何をするのだ」

「……書物を読みとうございます」

そんな、波音に消されるほどかすかな一言が、その日初めて少年が口にした本音なのかもしれなかった。

「これまで見たこともないような、唐天竺《からてんじく》のすぐれた漢籍、経典……それだけではありません、南蛮には不思議な文字をあやつる民がいると聞きます。いつだったかピント殿に見せてもらったような……そう、われら日ノ本の者は、まだ南の事どもをほとんど知らずにいるのです」

「そうか、南か」

兄は北へ、弟は南へ——戦と書、陸と海、あたかも上古の海幸彦《うみさちひこ》と山幸彦《やまさちひこ》の神話《かむがたり》のように、かれらは並び合い、しかし交わることのない途の上にあるのだろうか。

ふと、風が、二人の前髪をなぶった。

「はて」又四郎が南を見やる。陽はすっかり傾いていたが、空の色がひどく赤黒い。

「雲が急に増えてきたな。妙なこともあるものだ。……嵐《あらし》が近いか？」

「四郎兄《しろにい》」

「中兄上《なかのあにうえ》と呼べ、と言うておろうが」

「妙といわれて思い出しました。さきほどの、家船の童――船主《ふなぬし》の裾《すそ》にしがみつくようにして笑っていた、あの子供」

「ああ、ひとり居《お》ったな。なんとも面白い顔つきの。鼠《ねずみ》かと思うたぞ、あれは」

「親指が二つありました」

「それがどうした。だれでも親指くらい二つあるわい。右にひとつ、左にひとつ。よほどの古参の武者《もののふ》でも、頬傷はあれど指まで断たれるようなことは」

「そうではありません」又六郎の声は、ひどく低かった。「右手に親指が二つあったのです」


おかしなことを言い出しおって、このおれをからかうつもりか――と、弟に詰め寄る寸前。


又四郎の全身が、ぴくり、と引き締まった。

かれらの乗る丸木舟の右舷《うげん》、ほんの十間あるかないかの距離……桜島から転がり落ちた奇岩が、半ば波に浸《つ》かって、入り組んだ暗礁《あんしょう》となっている辺り……その、鋸歯《きょし》の如《ごと》くに尖《とが》った岩から岩へと、ふらふらと跳びうつる人影がひとつ。

女だ。

薄布《はくふ》をまとった細身の女がひとり……しかし独りだけではない、その後ろから、女を捕らえようと追う足軽が、五人、六人。胴丸、長い槍《やり》、背には種子島。白い布を首に巻き、顔は半ば以上隠れて見えない。

女は髪を乱し、暗い岩場を必死に逃げまどう。が、ついに足を滑らせて、

――ああ！

と高い悲鳴を発しながら最後のひと跳び、波間に落ちるかと思いきや、目の前のひときわ大きな岩へ、しがみついた。

足軽たちが、おう、と声をあげて、四方から近づく。

「舟を寄せろ！」

兄のするどい指図に、又六郎は、

「いずれに加勢《っ》くおつもりで？」

「――女ぁ！」

そうでありましょうな、と少年があきらめ顔で応《こた》えるよりも早く、又四郎のほうは夕暮れの海に飛び込んでいた。

（問うまでもなかったか）

又四郎の性分からすれば、こうなるに決まっているのだ。

男は戦うもの、女は助けるもの、あやしい者どもはとりあえず蹴散らしてから仔細《しさい》を問いただすもの。

（あのお人は、争いごとを、迷うた犬猫を拾うくらいに軽々しく考えている節があるな）

少年は冷静に、次兄の気性を腑《ふ》分《わ》けしつつ、櫂をあやつる腕も休めない。小さな岩に舟を寄せつつ、

（あの女性《によしよう》……まさか例の風聞《うわさ》の姫御前か？　いや、それよりも、なにゆえこんなところに足軽がいる？　御岳《おやま》にいるのは島津の砦《とりで》を護《まも》るわれらが郎党の水軍のみ——あのような装束の者は見たことがない。ということは？）

兄の残していった火縄銃を手にとり、岩に跳びうつりながら、

「そこな足軽ども！——肝付《きもつき》の配下か、それとも大友か！　この島津の領地にては、なんぴとたりとも、か弱き女子《おなご》への乱暴狼藉《ろうぜき》は許されぬと心得よ！」

呼ばわった、と同時に足軽たちも丸木舟に気づく。もしも味方ならば、又六郎が呼ばわれば大人しく退き下がるだろう……までは読んでいたが、しかし少年のまったく予期しなかったことがおきた。

足軽たちは、無言で、肩に背負った火縄銃をおろし、手早く火薬を詰め始めたのだ。

風がいっそう強くなり、大きな雨粒も混じり始める。

（しまった、このままでは種子島の火種が消えて）

火薬に火が移らず弾が放てなくなる、と相手も同時に気づいた。

先に射てば有利だが、しかしその後は？　どちらが先に射つか、それともこのまま火種が消えるのを待つか？

——と、その時。

もうひとつの人影が、弓をかまえて、奇岩の蔭《かげ》から跳び出してきたのである！

六、

（弓が小さい……いや、短いのか？）

と又六郎が思う間もなく、いくつかのことが立て続けにおこった。

彼が素早く見抜いたとおり、短く、そして蛇の如くに曲がりくねった弓をかまえた人影は、矢を二本重ねて放っていた。

そのすぐ手前、岩だらけの岸辺から、兄の又四郎が水しぶきとともにあらわれた。

顔を隠した足軽たちは、突如として海から上がってきた若武者に気を取られ、火縄銃の構えが揺らいだ。

叫び声と、二の腕を射抜かれた者たちのうめき声が重なり、人影はさらに二の矢、三の矢を放ち、そこへかぶさるように、

「……放て、又六郎《ろくろう》！　放て！」

兄の凜《りん》とした声が、凍りついていた又六郎の指を動かした。かちり、と引《ひ》き鉄《がね》が小さく囁《ささや》いた。

耳元ですさまじい破裂音が響きわたるのと、兄が何かを叫びながら、火縄銃をかまえた足軽にとびかかって狙いを逸《そ》らすのと……そして、放った反動と鈍い左脚への痛みによって、又六郎の細い身体《からだ》が濡《ぬ》れた岩から波間へ後ろざまに倒れ込むのが、ほぼ同時だった。

「……ろく！　又六郎、無事か！」

救われたのか、救ったのか。

慮外《りよがい》に温かい水の中でもがきにもがき、やっとのことで海面に顔を出すと、心配げな兄の顔が目の前にあった。

又六郎は左右を見回した。どうやら救い出されたのは彼だけではなかったらしい――

姫御前《ひめごぜ》もまた、いずこからともなく現れた大男によって、抱え上げられていた。

「足軽どもは？」

「わからぬ。消え失せた」岩の蔭へ弟を引き上げながら、又四郎が小声で言った。「脚は？」

「脚？」

「撃たれているぞ、奴《やつ》らの種子島で」

たしかに兄の言うとおり、見おろすと、左の腿《もも》からひとすじ血が流れている。

「痛むか」

「大事ありませぬ、弾は抜けて――」言いかけて、又六郎は顔をしかめた。「――おります」

「よし。動くな。ここいらは浅いが、尖った岩が多い」

又四郎は弟を抱え上げ、左右を見回しながら、ゆっくりと岸辺まで運んでゆき、姫御前の横に座らせようとした。

と。

弓をかまえたままの人影……又六郎よりもさらに幼い、大きな目をした、よく陽に焼けた少年が、彼女を護るようにして、その間に立ちふさがった。

「よいのです」

姫御前が少年に言った。〈海の言葉〉である。

「この方たちは貴方《あなた》を、そしてわたしを救ってくれたのですから」

それから、拙《つたな》いながらも又四郎たちがいつも用いている言葉で、

「ここはまだ危ういやもしれませぬ。そちらの洞《ほら》の奥へ……われらの住処《すみか》へ……大したおもてなしもできませぬが、せめて傷の手当を。若殿さまがた、ぜひに」

と、深々と頭《こうべ》を下げたのである。


なにか、あやしい術にでもかけられたのだろうか——と、のちになって二人の兄弟は、この夜のことを、たびたび憶《おも》い出すことになる。

それほどまでに、何もかもが不思議の様相を呈していた——夜の闇《やみ》も、暖かい風も、奇岩の間にひそかにつくられた抜け道も、しばらく進んだのちに岩の蔭にひっそりと開いた細い隙間《すきま》も、そこから奥へと広がっている洞窟《どうくつ》と、岩の天井を照らす小さな灯りも……そしてそこで待ちかまえていた異国の老人と、歩き始めたばかりといった風情《ふぜい》の幼い娘子も。

「ここは我らが隠れ家の一つ」と少年は〈海の言葉〉で告げた。「こちらは我が師匠、そして我が妹だ」

師匠と呼ばれた老人が、静かに頭を垂れる。挨拶《あいさつ》を返そうとして、又四郎はふと気づいた。

「まだ、おぬしの名を訊《き》いていなかったな」

すると――少年は誇らしげに胸をはり、

「宿無丸《すくなまる》！」

それから、暗雲に満ちた西の空を見上げて、つけくわえた。

「宿無き者、この海と地の果てにあって定まらぬ者だ。ただし、その名は最果ての地で、おまえたちの祖父から与えられたもの。我が名はスレイマン。サイードの子スレイマン、これが真《まこと》の名だ。

おまえたちにだけは、この名を明かそう。なぜなら宿無丸はおまえたちに炎《ひ》の負債《かり》があるのだから」

「ひ……？」

「ここだ」宿無丸は、おのれの胸を指さした。「ここに炎《ひ》がある。おまえにもある。おまえの父も、そのまた父も。おまえたちは宿無丸の母を救い、それゆえに宿無丸をも救った。だからそれは負債となる。負債は返されるだろう。おまえたちもまた、いつか、宿無丸に負債をつくるやもしれぬ。それもまた返されるだろう。そのように、すべては受け継がれてゆくだろう」

「父……」それまで黙っていた又六郎が、脚を押さえながら、岩の上に腰をおろす。

「おまえの父は、さいいいと言うのだったな。南蛮の者か。生国は、いずこだ」

「それは――」

少年は、ふと言いよどむ。それを引き取ったのは姫御前であった。

「わたしがお教えいたしましょう」

夢幻《ゆめまぼろし》か、それとも現《うつつ》のできごとか——いずれにせよ、姫は語り始めたのである。

◆

——わたしを知る者は、アーイシャと、わたしを呼びます。

けれど、真《まこと》にわたしを知る者たちは、こう呼ぶことになるでしょう……亡国の姫、国《くに》亡《な》き民の王女と。

わたしを生み育《はぐく》んだのは遥《はる》かな南、アヨドーヤと、あなたがた倭《わ》の国の民が呼ぶ小さな南の王国でした。その国も今はなく、民は四散し、わたしとわたしのわずかな供の者を救ったのがあの西の船乗り、わたしの夫となるべく定められたあのお方でした。

彼を、わたしたちはサイードとして知るでしょう。我が子スレイマンの、今は亡き父親として。

そして我が夫もまた亡国の殿、国亡き民の騎士だったのです。

南の先のまた南、西の彼方《かなた》の西の果て——百の尖塔《せんとう》が立ち並ぶ美しい王城、アルハンブラと呼ばれる宮殿。そこでは日に五たび、祈りの言葉が捧《ささ》げられました。言葉は天空に満ちあふれ、地の果てにまで響きわたり、ひたすらに讃《たた》え続けるのです――われらが絶対者、この宇宙の悉《ことごと》くをお創《つく》りになった全能者、もっとも慈悲深き御方、すなわちアッラーを。

　太陽の東、月の西に、その豊かな王国はありました。しかし、アッラーの御技《みわざ》は我らの解き明かすことのできぬもの。その美しい王国に悲しき滅びの朝が訪れたのです。彼らは城門の前にあらわれました、あのイスパニアの騎士たち、キリストを崇《あが》める戦士たちは。

　戦《いくさ》があり、降伏の儀式がありました。三人の王子が落ちのびました。ひとりは西の海の彼方へ、ひとりは北の荒れる波間へ、そして三人め……我が夫サイードの祖父は、東へとむかったのです。

　彼は海を越えました。オスマンとして知られる大王国、偉大にして誇り高き帝国が、さまよえる王子とその郎党を庇護《ひご》することとなりました。

　しかし、キリストの戦士たちとの争いは、未《いま》だ終わってはいなかったのです。多くの艦《ふね》が互いを襲って海底《みなそこ》に沈み、さらに多くの兵士たちが乾いた大地に倒れました。

　争いは長く続きました。

　オスマンの帝国は三日月の旗のもと、豊かな大河のほとりを手中にし、そしてついには〈永遠の都〉を陥《お》として我がものとしました。しかしいっぽう、敵方の掲げる十文字の旗は、荒れ狂う海を伝って西の彼方、東の果てへと細く延びてゆき、帝国を外から取り巻こうと謀《はか》っていたのです。

この謀りごとに対して、帝国の皇帝もまた一つの謀りごとを準備させました。

幾千の能吏《のうり》を集め、もっとも優れた宰相たちの中から大宰相を選び出し、皇帝は大いに命じました——あまたの計略の中で最もおそるべき計略、数ある秘策の中で最も見事な秘策を編み出し、それを任せるに値する騎士を、この広い帝国から探し出すがよい、と。

宰相たちは七日間、昼夜を問わずに議論を交わしました。七日目の夜、輝く月の下で一人の宰相が呟きました……そうだ、我が帝国が手中に収めたあの古き大河、あのナイルのほとりにある最も古い記録をあらためてみようではないか。智慧《ちえ》という智慧があの地にはあると言う。最も古き智慧、最も優れた智慧、獣を奔《はし》らせ、民を動かし、海と風をも解き明かすという智慧が。

さっそく、五十人の書記官が大河のほとりの古い書庫に送り込まれました。満月は五十回、古い書庫の上を通り過ぎました。そして大宰相はついにその中から見出《みいだ》したのです……はるか東の果てにあるという大いなる国、そこに秘められた〈三つの宝〉こそが、キリストの戦士たちを追い払う最良の技であることを。

密命が与えられました……我が夫となるべき定めの騎士サイードに。

満月の晩、大宰相は直々に、彼の耳元に囁《ささや》きました。この大いなる秘密、東方に眠るという〈三つの宝〉の謎《なぞ》を解き明かし、これを皇帝の御前に持ち帰ること、これこそがおまえに与えられた使命、おまえの運命。これを叶《かな》えれば、必ずや、おまえの失われた王国も取り戻すことができよう。

騎士サイードはうなずき、剣を取って誓いました。私は東の海で宝を得るでしょう。そして帝国の栄光のために、たとえ私自身が海の藻くずと消えようとも、私の体に流れる血は、その最後の一滴まで使命を果たさんと努めることでしょう！……と。

その言葉が、どれほど確かな予言であったことか！

かくして我が夫は東の海へと遣わされました。あなたがたが南蛮と呼ぶ、あの豊かな海へ……無数の島々がゆるやかに咲き誇る、わたしの生まれ故郷へ。そこでわたしたちは出逢《であ》い、結ばれ、そして互いを失ったのです。アッラーの定めたる運命のとおりに。

彼はひそかに送り込まれましたが、すべての秘密はどこかで必ず洩《も》れるもの。キリストの戦士たちもまた同じく、〈三つの宝〉のことを学びました。彼らは我が夫を追いかけ、海から彼の跡をさぐりました。

いかにして我が夫が命を落としたのか、いかにして彼がわたしとわたしの忠実なる家臣を救ったのか、そして彼の子を宿したと気づいたばかりのわたしに、この首飾り《メダリオン》を託して〈三つの宝〉にまつわる物語を告げたのか――その仔細を語ろうとすれば、わたしの胸は悲しみに張り裂け、わたしの舌は嘆きの中で凍りつくことでしょう。ともあれわたしは――キリストの戦士たちの手で国を失ったわたしは――さらに愛《いと》しい夫を同じ敵の手によって失うこととなったのです。

嵐がわたしたち一行を襲いました。忠実なる家臣たちの多くが波間に消えました。最後まで残ったのは、今あなたがたの前にひかえるこの二人……西方の賢者ムーサ、この老人は我が夫の家に代々仕えてきた者。そしてもう一人はこのイブラヒーム、無双の怪力にして七つの海でもっとも寡黙《かもく》なる剣士。

わたしたちはこの島へ流れ着き、そして八年の歳月を約束されたのです……他ならぬ、あなたがたのお祖父さまによって。

そうです。わたしたちの平穏は、まもなく終わろうとしているのです。キリストの戦士たちはこの静かな内海のすぐ近くにまで迫っている、そのことをわたしたちは知っています。

すぐ近く――いいえ、もしかしたら、もうすでにここへ辿り着いているのかもしれません。先ほどの、あの怪しい、顔を隠した兵士たち……かれらがキリストの戦士ではないと誰に断言できるでしょう？

なにかが終り、なにかが始まろうとしています。わたしにはわかるのです。星辰《せいしん》が正しい位置へと動き、太陽と月があるべき玉座へと遷《うつ》る時、その時がまさに来ようとしているのです。……

◆

「これはいかん。戻らねば、夜が明けるぞ」

月、と言われて我に返ったのは又四郎が先だった。

黒い雲の切れ目から、金色の輝きが顔を覗《のぞ》かせている。

「雨はおさまったが、まだ風が悪い」宿無丸《すくなまる》が言った。「今宵《こよい》は泊まるがよい」

「そうもいかぬ」

と言って、又四郎が、そもそも二人がここへやってきた仔細を告げた。

すると少年は脇《わき》にひかえる老人と小声で相談をしてから、さわやかな声で、

「わかった。では宿無丸も行こう」

「なに？」

「母君は、おまえたちが我らを救ったのだとおっしゃった。ならば、その炎《ひ》の負債《かり》を僅《わず》かなりとも返すために、まずはおまえたちを送り届けてみせる。今宵のうちに」

「いや、待て、手は借りぬ。借りるわけにはいかんのだ……さきに言うたとおり、われらだけで巡って来よとの仰せつけで」

「宿無丸は助け手ではない」少年は、よどむところなく応える。「宿無丸の手と舟を手に入れたのは、おまえたち自身の働きだ。おまえたちの義が、宿無丸の命を救った。救われた宿無丸が舟を動かすにすぎない。これはおまえたちの手柄だ」

否《いや》も応《おう》もなく、少年は洞窟を跳び出し、海辺に隠してあった小舟の準備を終えて、二人を舳先に座らせた。

風が横ざまに吹きつけるが、雨はすでに遠ざかり、ただ波しぶきが若武者たちの頬に当たるのみ。

「これならば、なんとか――いや待て」

漕ぎ出してしばらく後に、又四郎が、続いて又六郎も、夜の闇の中から響く怪しげな声に気づいた。

「待て、宿無丸とやら、櫂《かい》を止めろ」

「どうした」

二人の兄弟は、闇に眼を凝らした。

「なにかが……なにか大きなものが……あれは松明《たいまつ》か？」

間違いなかった。

松明を舳先に据え付けた、無数の小舟から、聞き慣れた家臣たちの呼び声がする。

そして、その中ほどに、丸々とした南蛮船の姿があった。

七、

「又四郎さま、御無事でしたか！」

「おおい、見つかったぞう！」

「又六郎さま！　又四郎さま！——」

呼びかける家臣たちの声に押されるようにして、三人は、あれよという間に南蛮船の甲板《かんぱん》へと押し上げられる。

「四郎兄、これはたしか」

「ピント殿の船だな。もう着いていたのか。となれば——」

言いかけた又四郎が、南蛮人たちのひしめく甲板に、見馴《みな》れた顔を見つけた。

黒髪と、大きな鼻と、赤く日焼けした頬が目立つ、ひときわ背の高い男。

「ピント殿！」

「これはこれは若君がた、よくぞ御無事で！」

大げさに腕をひらめかせ、片脚を前に突き出して、その南蛮商人——いや、今や鹿児島一の豪商と呼んでもおかしくなかろう——は派手な異国風のお辞儀をすませてから、二人のもとへと駆け寄ってきた。

「案じておりましたぞ、お二方がなかなか戻って来られぬと聞いたもので……小さな湾とはいえ、どこにどのような危険があるやも知れませぬ。対岸の領主どもにもあいかわらず不穏な動き、天候は奇妙な荒れっぷり、港はどうしたわけか商人たちが二手に分かれての大喧嘩《おおげんか》、ましてや夜の海ときたら何が起きても不思議ではない処《ところ》」

「まったくそのとおりだな」

又四郎がつぶやくのを聞いてか聞かずか、南蛮人は歌うように〈海の言葉〉で語り続ける。

「おかげで私めは若殿たちを捜すべく、こうして金に糸目もつけず篝火《かがりび》を焚《た》いて夜の闇を押し返し、かのオデュッセウスにも優るとも劣らぬ知謀をめぐらし、こちらを探ってはあちらを巡り、どこぞに打ち上げられてはおらぬかと水夫どもをどやしつけては岩という岩、渦という渦を捜しまわって——」

「酔うておるのか、ピント殿は」

「多少は飲まねばやっておれませんよ、商売などというものはね。という冗談はともかく、海風は苦手なのです、ご存じのとおり。とくに夜のそれは、昔の遭難を思い出させますし。

そうそう、ちょうどよい機会だ。私の新たな友人をご紹介しましょう」

友人、という一言に、島津の若武者たちは顔を見合わせた。

この、口から先に生れ落ちたとしか思われぬフェルナン・メンデス・ピントという男が『友人を連れて来たので』といえば、その後はきまって、新しい儲《もう》け話の自慢か、さもなければ明国《みんこく》で食い詰めた悪党をしばらく匿《かくま》ってはくれまいか……といった厄介事につながるのが常だったからだ。

そんな目線に気づこうともせず、長身の南蛮人は言った。

「我が友、我が船の客人、信仰篤《あつ》き宣教師、西の彼方からわざわざお越しくだされた清貧の騎士――フランシスコ・ザビエルと申します、ぜひお見知りおきを」


その男が、篝火のあいだから、すうっと音もなく現れたとたん――

(この眼は)

又六郎の背筋を、冷たい、これまでに感じたこともない、不可思議な悪寒《おかん》が走った。

と同時に彼の背後で、宿無丸の身が、冷たい矢に射《さ》し貫かれたかのように、ほんの一瞬だけ震えるのを感じ取った。

(この男の眼は――暗い茶色をした、この瞳《ひとみ》の奥に――なにかがある……なにか、近づいてはならぬものが)

「これはこれは！」

興奮した様子で、ほとんど咳《せ》き込むようにその男は〈海の言葉〉で挨拶をした。

「まことに、し、し、主の御名は褒むべきかな！　高名なるこの美しき国にようやく辿り着いたその晩に、かくまでも尊き王子たちの御尊顔《ごそんがん》を拝謁《はいえつ》できるとは！　これぞまさしく吉兆に他なりませぬ。我が、し、使命は果たされたも同然。さよう、主の御教えを拡《ひろ》げんがためにこのわたくし、シャ、シャビエルめはこの大海の彼方へと罷《まか》り越したのです。ええ、ええ、そうですとも。そして――」

そこから先の言葉が、突然に、夜の闇に飲まれたかの如く、途切れて消えた。

舌足らずにザビエルと名乗った男の視線は、又六郎たちの背後を――その背後に隠れている少年の姿を、捉《とら》えて離さずにいる。

（この眼だ！）

又六郎は、確信した。

（何かを信じきった眼――他の者たちには決して分からぬ何かを、大きな痛みと苦しみに満ち満ちた何かを、狂おしいまでに信じている眼……そのことを悦《よろこ》んでさえいる、そんな眼）

そして宣教師が見つめていたのは、少年の胸に輝く、黄金の首飾りだったのである。

「そのメダリオン！」

ザビエルが叫び、同時に宿無丸は又四郎の背後に素早く隠れた。

が、すでに遅い。

「ピント殿、あのメダリオンです、あれですとも！　あれこそはマラッカで我らの教会から盗まれたメダリオンに他なりません！」

「……違う！」

思わず叫んでから、少年はいっそう身を縮こませた。

何ごとが始まったのかまったく分からぬ又四郎たちを傍目に、宣教師の獣じみた大声は、甲板といわず帆柱といわず、船上のあらゆるものを揺るがせた。

「あれです、あれです！　あれこそは、し、し、主の御宝、偉大なる三位一体《さんみいったい》の指し示す栄光！　ここで早くも出逢えるとは！　おお、し、主のお導きに他なりません！」

声が呼び寄せたのか、甲板のあちこちから、南蛮の水夫たちがゆっくりと近づいてくる。又四郎たちは身構えた。すると、水夫たちの間から――。

「ふうむ。無事と聞いておったはずが、如何《どう》した、二人とも。もののけにでも憑《つ》かれたような顔をしおって」

水夫たちの間から、ふらりと、長身の若武者があらわれ、そのまま大股《おおまた》で又六郎たちに近づいてきたのだ。

「あ、兄上!?」

「大兄上《おおあにうえ》！」

「いかにもそのとおり」又三郎は、今朝別れたときと同じ――いや、それよりもさらに爽《さわ》やかな笑顔を浮かべたまま、宣教師と弟たちのあいだに、すらりと割って入った。

ピントとザビエルが言葉を継ごうとしたが、又三郎は大きくあくびをしながら、

「無事と分かれば、さて引き返すとしよう。ピント殿、よろしいか？」

「は、はあ、もちろんですとも若君。しかし――」

「そちらの客人もよろしいか」

「はいもちろんでございますが……し、し、しかしながら、その前に一つだけ――こちらの若き殿たちと共に我々が、す、救い出した、この少年の身柄を」

「身柄？」

そしてその一瞬に――又三郎は宿無丸と目線を交わしていた。

ほんの刹那《せつな》ではあったが、弟の又六郎には読み取れた。

（この二人は、見知らぬ仲ではない）

直観、と呼ぶべきものだった。

（大兄上と宿無丸……海の彼方から流れ着いた子供――大兄上が七年前、まだ赤子であった頃の宿無丸を見かけたというだけではない。この二人は出逢い、そして言葉を交わしたことがある。間違いない――そうか、そうに決まっている！　大兄上も、数年前に

この御岳《おやま》巡りの儀式を……）

「ふむ」

と、何気ない様子で宿無丸に近づいた又三郎は、その首飾りを手にとった。

そしてそのまま、誰ひとりとして不審に思う間もあらばこそ、少年の首にかかっていた鎖を持ち上げ、するりと外《はず》し——

「あっ」

誰かが声を上げた時には、鎖をぶらりとぶら下げた丸い黄金の円盤は、又三郎の手の中にあったのである。

「これが騒ぎのもといというわけかな。ふうむ」

「そ、それは、若君——」

「大兄上、いったい」

何をするおつもりですか、という又六郎の言葉が、しまいまで続かずじまいだった。

次の瞬間、円盤の表面を懐《ふところ》でこすったかと思うと、くるりと一同に背を向け、そのまま数歩、甲板の端まで進むや、大きく振りかぶる。

「兄上っ！」

「若君！」

「ああ！——ああ！」

悲鳴が重なり合い、しかし又三郎の腕の動きは止まることがなかった。

船の両側から突き出た巨大な篝火の、さらに上を、ゆるりとした弧を描きながらそれは飛んでゆき――

「海に！　なんということだ、海に！」

宣教師の甲高い悲鳴が、他の者たちの驚きの声を消し去らんばかりに響いた。

ぽちゃりと小さな水音がして、小さな塊は波間に消え去り……すると今度は、間髪を入れず、陽に焼けた少年の姿が夜の海にむかって飛び込んだ。

大きな水しぶきが、あっけにとられた一同の前にあがった。

「な、なぜ、何ゆえこのような……！」

「ふむ、なぜであろうな」又三郎は、懐手をしたまま、さわやかな笑みを浮かべて、

「領主の息子というのは実に気まぐれなもの、いつ何時なにをしでかすやら分かったものではない……ということかな。ザビエルとやら、おぬしがこの薩摩の地で何がしかの果実を得たいのであれば、まずはそこのところを肝に銘じてからのほうがよいぞ。おぬしの崇めるデウスとやらの威光も未だ届かぬ、荒々しい領国があるのだ、となし」

◆

「兄上、いったい如何《どう》したお考えで、あのような」

ピントの南蛮船から小舟を借り、供の舟や艀《はしけ》にこれだけ囲まれていれば安心と見送りを断って、港へむかって漕《こ》ぎ出し――助三《すけざ》の櫂が三度往復もせぬうちに、長兄・又三郎は、青ざめた二人の弟から問いつめられていた。

「なぜあのようなことを！」

「騒ぎは好かぬのでなあ、わしは」

「し、しかし、だからといって！」

「まあそう騒ぐな。――どれ、ピント殿の船もそろそろ十分離れたころか」

「十分？」

「こちらの声が届かぬくらいに、な」

と言いながら長兄が懐から取り出したのは――投げ捨てたはずの黄金の首飾りだった。

「あっ……！」

「お、大兄上、そ、それは……ならば海に投げたのは」

「うむ。あれは芋だ」

「芋？」

「ピント殿からの贈り物でな。なんでも南蛮のさらにむこうの、ノバ・イスパニヤとやらで採れる珍しい芋らしい。焼いてみたのだが少々固くてな……いや、蒸したほうがよかったかな。まあよい、薩摩の武者にあのような石ころめいた芋は似合わぬ。それでなくとも里芋だらけだというに」

又三郎の笑い声が夜の闇に響いた。

「さて、おぬしらの〈海の元服〉も無事に終わったということで……そう案ずるな、あの南蛮船もこの舟も、おぬしたちの手柄で動いたようなものだ……あのシャビエルだかザビエルだかは、まだしばらく鹿児島に居るであろうから、見つからぬように御岳へ渡って、これをスクナのやつめに返してやるがよかろうて」

八、

その、同じ夜――

「大儀であったな」

鹿児島から離れること十里。日新斎《じっしんさい》こと島津忠良《ただよし》の、加世田《かせだ》の屋敷である。

外海に面しているため鹿児島の湾は見えないが、御岳の鳴動《めいどう》はここまで聞こえてくる。

「して、南蛮の様子は」

「は」

狭い板の間の隅にうずくまるように控えていた、猫背の男――弥次郎《やじろう》は、小さくうなずき、語り出した。

「まずは何よりぽるとがるの動きが喧《やかま》しく……こたびの宣教師の訪《おとな》いもまたその動きの一つにて。これを探らんと、この弥次郎めも敢《あ》えて彼らのきりしたんなる宗に入信を果たし、その教え、その文字、そのからくりを探りましたるところ、どうやらこの者どもはきりしとなる独り仏をひたぶるに崇めるというものにて、その仏の御《おん》ためとあらば、港を焼き払い女子供を切り裂いても罪科無しと……」

「ひたぶるに、とな。一向宗《いっこうしゅう》のようなものか」

「おそらくは」

「ふむ。してみると、あのピントの申しておったことは、あながち嘘偽《うそいつわ》りではなかったわけだな。〈災厄《わざわい》〉は、ようやく海を越えて我らが領国にたどり着いたのだ」

日新斎は、つと立ち上がり、小窓に近づいた。

（あれから七年……）

災厄、と南蛮人ピントは言い表していた。おそろしい災厄が近づいている、と。即《すなわ》ち、ピント自身の同胞が――信仰に篤く、言葉やわらかく、その独り仏の栄光のためであれば何者をも畏《おそ》れぬ宣教師たちが。

（ここが思案のしどころ、だな）

ただ一人の商人の言葉を信じるべきか。それとも、きりしととやらの教えを携えてくる坊主《ぼうず》たちのほうを信じるべきか。いずれにしても危うい道ではある。

「ピントの船が、そのきりしたんを連れて参ったというは、まことか」

「まことでございます。しかしながら、いくたびかこの薩摩へ渡らんとしたるを、言を左右にして阻《はば》んで参りましたのも、また同じピント。……弥次郎めには、あの商人《あきんど》の狙《ねら》いが、分かりませぬ」

「それが商人というものだ。利あらば動く。風向き次第だ」

「は」

「まだ、あれにも用《つか》い途《みち》はある」

（いずれにせよ、ついに彼らは辿《たど》り着いたのだ）

初老の領主の太い指が、いつのまにか、袂《たもと》から取り出した数珠《じゅず》をまさぐっていた。目には見えぬほどの細かい凹凸が、ひとつひとつの珠《たま》の表面に施されている。

「……南牟阿迦捨掲婆耶唵阿唎迦麼唎慕唎娑婆訶《ノウボウアキャシャギャラバヤ・オン・アリキャマリボリソワカ》」

日新斎の唇から、その句が、かすかに漏れた。弥次郎も、すぐに察する。

（虚空蔵術《こくうぞうじゅつ》）

大殿がこの技を用いるところに居合わせるのは幾十年ぶりか……懐古の想《おも》いが、老練な海の男の裡《うち》に、一瞬、生じて消える。

ひとたび見聞きしたことは決して忘れず、いつ何時であろうとも想い起こして自在に用いるという、古くから島津宗家に伝わるという、その技。

（ならば……この弥次郎のことも、大殿は委細忘れることなく、御心のいずこかに蔵してくださるのであろうか）

ふと、そんな祈りにも似た思いが、頭を下げたままの男の中で弾《はじ》けた。

（島津の家、島津の血筋……なんという強さだ。なんという美しさだ）

宗家に仕える助《すけ》の一族、その傍系に生まれつき、さほどの器量も発揮せぬまま、それでも大殿に憧《あこが》れ、這《は》いつくばってでもそれに近づきたい……幼いころから抱き続けた想いは今も変わらない。

（そのためにこそ、若い頃は野山を走り、あるいは海賊衆に身をやつし、多くの人を殺《あや》めてきた。殿に仕えんがため、殿に近づかんがため――そして人知れず南蛮へ渡り、あの十字架を掲げた者たちの秘密を探って帰るという途方もない苦行さえ、なんとか勤め終えたのだ。

だが……そうだ、これがおれの弱さだ。目の前の利に、つい、手を出してしまうという。おれは勤めを果たしたと言えるのか？　きりしたんの洗礼を受け、文字を学び、デウスを讃える歌をうたい……そうしていつのまにやら、ほんとうに独り仏たるきりしとを信じ始めた、このおれは？

まったく度《ど》し難《がた》い。救いがたい男だ、おれは。

いいや。違う、違うぞ。そんなおれだからこそ、きりしたんの教えを学び取れたのだ。あのピントが大殿を裏切っておらぬというなら、このおれもまた裏切ってなぞおらぬのだ。

仏だろうがきりしとだろうが、こんなおれを救わずしていったい誰を救うというのだ？　おれは救われるべきだ、おれこそが救われるべきなのだ、なぜならおれはこうまでも弱いのだから！……）

そんな、累代《るいだい》の下僕の奇妙に捩《ね》じれた想いを、日新斎は知ることもなく、数珠を繰り続けた。

そして。

「……南蛮人は、ただ大風に押し流されて薩摩へ辿り着いたのではない。いや、たとえ偶々《たまたま》辿り着いたにしても、この先は違う。彼らは潮の道を見出した。あの回教徒《ムスリム》の親子も用いた道をな。上古より、この日ノ本において、一度たりともなかったことだ」

「は。たしかに」

「すなわち、彼らは今より後、この我らの海に常に住まうも同然となったのだ。となれば、明国《みんこく》も早晩動かざるを得まい。これまでとは違う……そう、これまでは明国を主に視《み》ておれば良かった。琉球《りゅうきゅう》があり、越南《えつなん》があり、あとはせいぜい暹羅《センラ》があり……それら諸国の間を、禅を修めた僧侶《そうりょ》たちが往来し、書画と銅銭でゆるやかに繋《つな》いでおれば大過なかった。だが」

「これからは違う、と」

「そうだ。銀と、そして硝石《しょうせき》だ。厄介なことだ」

日新斎の記憶から、銀にまつわる、この十年の見聞がどっと湧《わ》き出て来た。

（十年……そうだ、ほんの十年だ！）

銀は、石見《いわみ》の国に新たな精錬法が伝わって以来、文字どおり溢《あふ》れるほど日ノ本で採れるようになった。たった十年で、それだけ変わってしまったのだ。

そして硝石は？

火薬を精製《つく》るに欠くべからざる原料、それなくしてはせっかくの種子島《たねがしま》も、石火矢《いしびや》も、ただの重たい筒にすぎなくなる、その硝石は……この国の山にも、原にも、川底にも、どこにも埋まっていないのだ！

（なんたることだ……なんたる矛盾だ！）

日新斎の握る数珠が、動きを止めた。

矛盾。しかし、時はとどまってはおれない。となれば、どうなるか。

いかなる事態が、近づいているのか。

（大戦《おおいくさ》が来る）

彼の虚空蔵術は、冷酷に、答を告げていた――日ノ本の銀を欲する南蛮人は、美しい陶磁器をつくることもできなければ、鋭い和刀《わがたな》を鍛えることもできない……がしかし、戦に不可欠な火薬と銃だけは持っている。――硝石を欲する日ノ本の民は、銀をたらふく抱えている。ところが朝儀は衰え、上下の序は乱れ、あさましい争いが幾代も続くばかり。――そして、あらゆる産品をつくり、すぐれた書画と経典を有し、誰もが信を与える真正の銅銭を鋳造できる、肝心の大明帝国は……彼らは諸国の民との自由な交易を一切禁じたままなのだ！

（そうだ。大戦だ）

（とてつもないいくさが、我らの山河を、産土《うぶすな》を、あまたの潮を、ことごとく押し流さずにはおかぬだろう。避けることはできぬ。退くこともできぬ。われらのなし得ることは――なし得ることは――）

「孫たちは、修羅の道を歩むことになろうな」

日新斎は嘆息した。

暗い雷雲だけが、それを聞いた。

嶺々《みねみね》のむこうで、火山はふたたび鳴動を始め、天上の嵐《あらし》を呑《の》み込みつつあった。……

◆◆◆◆◆

フェルナン・メンデス・ピント（一五〇九?～一五八三）――

　ポルトガル人の探検家・冒険商人・著述家。主に死後刊行された『東洋遍歴記』によって知られる。一五三〇年代後半に東南アジアへ渡り活躍。日本へも渡来している。（……）『遍歴記』には同時代のキリスト教徒による侵略行為に対して（当時としては珍しく）批判的な記述がみられるが、あまりにも信じがたい冒険譚《ぼうけんたん》が同書の大半を占めるため、のちに「ほら吹きピント」とも呼ばれた。（……）


王直《ワン・ジー》（一五一五?～一五五九）――

　中国・明代後期の貿易商人。後期倭寇《わこう》（一五二〇～八〇年代）の中心人物のひとり。前半生は不明だが、のちに五島列島・平戸などを拠点として活躍。日本への鉄砲伝来にも関わったとされ、『鉄炮記《てつぽうき》』にある「中国の書生・五峰」は彼もしくは彼の配下を指すと思われる。

（……）


民間伝承、戦国期の日本における――

（……）このように、中国南部から東南アジア全域にかけて活躍していたイスラーム商人が日本列島にその足跡をほとんど残していないことは、一見奇異に思われる。しかし当時の政治情勢、とくに禅宗のネットワークが東アジア交易網を掌握していた事実からすれば、これはむしろ当然の結果であった。それでも一四〇〇年代初頭の若狭地方や一五〇〇年代中盤の九州地方南部においては、かすかにイスラーム文明の痕跡《こんせき》が認められ（……）

また、不確かな伝承によれば豊臣秀吉（一五三六?～一五九八）は多指症であり、右手の母指が二本あったとされる。こうした逸話の多くは彼の異様なまでの出世ぶりに対する心理的補償として生まれた虚構に過ぎないとされてきたが、信頼に足る一次史料の詳細な再検討の結果、事実であった可能性が格段に高くなっている。（……）

――『The Encyclopedia of "Great Eurasian Age of War"』（3rd Edition）より抜粋
（訳文および本文強調は著者による。以下同）

第二章　古き炎

天文十八年
西暦（ユリウス暦）一五四九年
明暦・嘉靖二十八年

初めに言《ことば》があった。言は神と共にあった。言は神であった。

ヨハネの福音書、第一章

一、

風が変わり、潮が変わり――行き交う船の向きも変わりつつあった。

夏が終わったのだ。

強い南風に押されて琉球や南蛮から集まっていた商人たちは、秋になると、手元の積み荷を売り終えて、あらたに北の博多から、あるいは東の安房《あわ》から、この鹿児島の穏やかな内海にむけて躙《にじ》り寄ってくる銀と刀剣を待ちかまえる。

そして、冬の訪れとともにそれらを明国《みんこく》へ密《ひそ》かに輸《はこ》んでは陶器に替えたのち、琉球へ、マラッカへ、さらには遥《はる》かにゴアまでも戻ってゆくことになる。

そんな船の群れの中に、ひときわ目立つ、帆の数も多い南蛮船があった。

「おお、これは島津の若君。湊《みなと》へお出《い》でとは珍しい」

フェルナン・メンデス・ピントは右手を胸に当てて、深々と頭を下げてみせた。いつもどおりの大仰な挨拶《あいさつ》である。

「なに、ただの気まぐれ。荷揚げで忙しかろう、わしのことは気にせず」

又三郎は船乗りたちが忙しく働く横で、陽射《ひざ》しを避けるように眼を細める。

「そうはいきませんよ若君。せっかくの御来訪、もてなしを欠いたとあってはこのピントの名折れ。ああそうだ、南蛮のとっておきの葡萄酒《ぶどうしゅ》がまだ船に残っていたんだ。ささ、ぜひ私めと一献」

「いや、わしは呑《の》まぬ」

「なにをおっしゃいます、この国の勇士たちは一人のこらず呑みますよ。そして若君、あなたはその中でもとびきりの勇士だ」

「さて、それはわからぬが、いずれにしても呑まぬ。いや、呑めぬのだ」

又三郎は首をかしげる。もともと酒をさほど好まない質《たち》ではあった。が、この南蛮商人は、会うたびに一献を勧めるか、もしくは既に先回りして酔っては怪しげな友人とやらを紹介したがった。それをやんわりと断るうちに、いつのまにか又三郎自身も、自分はほんとうに酒を一滴も受けつけない体であるような気になってきたから不思議なものである。

「そうおっしゃらずに。こんな上天気なのですから。ささ、ご案内しましょう」

フェルナンは相手の手振りを気にもしない。小舟に又三郎を座らせるや、向かい合わせになって櫂《かい》を取り、沖にうかぶ彼の持ち船――〈聖母マリア〉号へと漕《こ》ぎ出した。ただし、御世辞にもまっすぐに進んだわけではない。

「酔うておられるな、ピント殿」

「なあに、これくらい。支障はありません。時々、手前のものが二つに見えるくらいでね。二つで思い出しましたが、今朝も見かけましたよ」

「ほう。何を」

「例の双胴船です」フェルナンは微笑《ほほえ》んだ。「七年前、あなたが、私どもの命を救って無事にカゴシマの港まで導いてくださった際に操っていた、あの珍しい船ですよ。――今は弟君がお使いになっておられるのですか？」

かれの言うとおり。――

夏の終り以来、艀《はしけ》ほどに小さい、双《なら》び胴の船が、鹿児島の湊と桜島《さくらじま》のあいだをしきりに通う姿が見られた。

港の男どもは、

――島津御本家さまの、あれは三男坊かな。

——又六郎さまか。いや、先だって元服を済まされたというから、今はもう歳久《としひさ》さまだ。

——あのように急《せ》いて、いったい何用であるやら。御岳《おやま》で銀でも見つけなされたのか。

——いやいや、もっと佳《よ》いものに会いにゆくところじゃろうて。

——と言うと、まさか……女……？

そんなふうに囁《ささや》き合った。

実をいえば、かれらの推量は半ば正しく、半ば誤っていた。

島へ渡るや、又六郎は合図を送る。しばらくして、どこからともなく異国の少年があらわれる。二人の背格好はほとんど等しく、遠目には誰にも区別できぬほどだ。

二人は互いの短い弓と火縄銃を譲り合って、ひとしきり海鳥狩りを楽しんだのち、隠れ家へむかう。岩陰から細い穴を抜けた洞窟《どうくつ》、あるいは岸壁から小岩伝いにのみ入れる小さな小屋。そうした秘密の住処《すみか》を、島のあちこちに設け、転々と移り住んでいることを、すでに又六郎は知らされていた。

少年たちは、そうして御岳のあちらこちらで腰をおろし、あのムーサと名乗る老人から遠い異国の物語を聞く。

それが、すっかり日課となりつつあった。

ムーサの物語は尽きることなく、それらは一つのこらず又六郎を虜《とりこ》にした。老人はたしかに賢者の二つ名に恥じぬ知識と智慧《ちえ》を懐《ふところ》に秘めていた。そして、それらを二人の少年に分け与えた。

鳳《おおとり》にさらわれた船乗りの物語を老人は語った。あるいは王に囚《とら》われた美姫《びき》の話を、また呪文《じゅもん》によって隠された財宝と盗賊たちの争いを。王国と帝国が興《おこ》りやがて滅びてゆく異国の歴史、あまたの征服者と暗殺者たちの織りなす紋様、首の長い巨《おお》きな獣の歩き回る草原のこと、色鮮やかな神々と魔物どものこと、煮えたぎる南の海のこと、人語を解する獅子《しし》のこと、上下逆さまに暮らす島人《しま》のこと、鎧《よろい》と毒薬のこと、絹はいずれの土地でも貴重であること、すべての書物と文字を集めた偉大なる〈智慧の館《やかた》〉が嘗《かつ》て遥かなる帝国の都にあったこと……そうしたことを、短い警句や長々しい詩歌を織り交ぜながら、賢者ムーサは二人に語って聞かせた。

自らがゆだやという民のひとりであることも、ある時、老人は語った。彼の民の長い長い苦難の物語と共に。ただし、そのあとで、

――わしはゆだやの教えを捨てた身。今はいかなる神仏も天魔も信ぜぬ。

と付け加えた。又六郎がさらに問うても、それ以上は語ろうとしなかった。こちらの至らなさで老人の気分を害してしまったのか、と少年は一晩気に病んだが、そうではなかったらしい。その後も、ムーサは変わらず、請《こ》われるままに語り続けたからだ……百の尖塔《せんとう》を持つ大いなる都について、十万の軍勢について、天を突くほどに高い石造りの

峰について。

また、二人の少年は、一行の護衛であるイブラヒームから剣と弓の手ほどきを受けることもあった。イブラヒームもまたその異名にふさわしく、寡黙《かもく》で、つねに警戒を怠らない、剣の遣い手だった。半月のように優雅に湾曲した武器を、イブラヒームは音もなく操った。それは又六郎の目に、美しい舞としか映らなかった。時にはムーサの語る物語以上に、剣士の動きは彼を惹《ひ》きつけた。技を眺めるにつれ、少年はそれを学びたがり、とうとう剣士は無言の仕草で「入門」を許した。そして、又六郎が剣技のこつを学ぶにつれて、もうひとりの少年もまた浮木をけずってつくりあげた刀をふりまわし、互いの技を比べはじめるようになった。

剣や弓にとどまらず、記憶の術についても二人は競い合った。島津に伝わる虚空蔵《こくうぞう》術《じゅつ》とは異なりつつも、それに匹敵する〈魂の宮殿〉なる技が、はるか西方の国には伝わっていた。互いの技を用いて、二人の少年は古い物語や新しい風聞《うわさ》を教え合い、比べ合った。

が――そうした愉《たの》しみのいずれにも勝《まさ》って。

宿無丸《すくなまる》の母のもとへと、又六郎は通っていたのだった。

いっぽう兄の又四郎もまた、なにかと理由をつけて年若い弟について来ようとした。

――四郎兄《しろにい》はムーサ老人の話に興味がないのでしょう。このあいだも欠伸《あくび》をかみ殺していたではありませぬか。もしや、あの姫御前《ひめごぜ》に懸想《けそう》なされましたか。

──そういうおまえこそ、どうなのだ。あのお人の前に座っておるときは、いつも頰を赤らめおって。

──あ、赤らめてなぞ、おりませせぬ！　私はあの老人より学びたいだけです。南蛮の事情について知るに、これぞまさに千載一遇の好機。一寸の光陰軽んずべからず。それだけです。四郎兄はあちらの庭で太刀の素振りでもしてください。

などと言って次兄をふりきり、港へと走るのも、また又六郎の新たな日課となりつつあった。


「……弟の噂《うわさ》は耳にしておるが」

「噂どころじゃありませんよ、若君」

櫂を漕ぐ手を止めて、フェルナンは身を乗り出す。

「私の意見を言わせてもらうならば、貴方《あなた》の下の弟君は、あの南蛮の姫にすっかり惚《ほ》れてしまっておりますね。目を見ればわかります。

なにしろあれだけの美貌《びぼう》……いや、私もこのところは見かけておりませんが、七年前はたいそうな美女でした。おそらく今はさらに美しくなっておることでしょう。暮らしぶりは慎ましやか、と申しますか、有り体《てい》に言えばひどく貧しいはずですが……なにしろあの岩だらけの火山島に、ずっと隠れ住んでいるんですからね！……しかし苦難はかえって女を磨くと申します。歳《とし》も、詳しくは聞かされませんでしたが、当時でまだはたちにならぬくらい、ということは今は二十三、四でしょうかね。

ふむ、歳の差があるにはありますが、この国ではさほどのことではないかな。我々の国でも、貴人の縁組となれば、十歳どころか三十違いの夫婦はよくあることですし。

いずれにしても、又六郎さまの目は、惚れた女子《おなご》との逢瀬《おうせ》にむかう若者の目でしたよ。間違いありません。それに又四郎さまのほうも——さすがに近ごろは港にはお出でなさいませんが、先月あたりは、弟君とさして変わらぬ振る舞いで」

「それも目を見て判じたのか」

「判じましたとも。こう言っちゃなんですが、お家の安泰のためには一刻も早く弟君たちに、良い家柄の姫をめあわせて、昂《たかぶ》りを鎮《しず》めさせたほうがよろしいってものです。政略でもなんでも……ふむそうだ、なんでしたらこのピントが仲介の労をとってもいいですよ。幸いにして、あちこちの港を押さえている有力者たち……大名《ダイミョウ》と呼ぶんでしたっけ、彼らとお近づきになっておりましてね——み仏のおかげ、ですかね。もしくは橘媛《タチバナ・ヒメ》の霊験ですか。どちらにしても有り難いことです。北の龍造寺は近ごろ騒ぎが絶えませんが、大友の一族などは広い領土を持っておりますし……」

「ピント殿は、よほどの大人《たいじん》になられたようだな。もしくは暇人か」

「おっしゃる意味がわかりかねますが」

「ふむ、それはそれで良し。いずれにせよ、又六郎のこと、親父殿《おやじどの》の耳にも届いておるはず。親父殿が止めぬのであれば、このわしが口を挟む筋合いでもあるまい」

「そうでしょうかね。私は少なからず心配ですが」

「ほう。なるほど」又三郎は、なぜか愉しそうに、顎《あご》のあたりをさすった。「さすがに気が咎《とが》めたというわけかな」

「咎める？　私が？　何ゆえに？」

「あの美しい姫御前を連れて来たのは、はて、どなたであったかのう」

フェルナンは、そう言われて、ふと眉《まゆ》を寄せた。

「運ぶのが私の生業《なりわい》ですからね。物にせよ、人にせよ」

「そのとおり」若武者はうなずく。「商人《あきんど》はものを移して利を得る。兵《つわもの》は相争うて名を継ぎ、民を護《まも》る。坊主《ぼうず》は弔い、土地と心を鎮める」

「そういうことです」

「とは言え、商人が坊主を連れてくることもあるな」又三郎の声が、ふと、低くなる。

「そう、それで思い出した。ピント殿は、あのシャビエルだかザビエルだかに金子《きんす》を都合してやったとか」

次の沈黙は、先ほどよりも長かった。

フェルナンの両手は、いつのまにか櫂を置いている。ゆるやかな波が、二人を乗せた小舟をゆらゆらと揺らして、とどまることがなかった。

「おや、そんな噂が出回っておりますか」

「銭ではなく銀で……しかも大層な量《かさ》を、な。おかげでザビエルはすっかり意気軒昂《けんこう》、南蛮の寺を造りたがっておるとか。近在の坊主たちが渋い顔をしておったわ」

「いやはや、近ごろの港町というやつは大したものだ」フェルナンの声は、少しばかりかすれていた。「ありもしない出来事を無料《ただ》で売り買いするまでになっているとは」

「では無根の噂か」

「さて、どうでしょうねえ。友人のよしみで少しは都合してやりましたが、頼まれれば誰にでも貸しますよ。私は善良な人間なんです」

「ほう」

又三郎は、押し黙った。

秋の風が二人の男の髪をなぶった。

長い沈黙を経てから、若武者は言った。

「商いは盛んになればなるほど扱う品も増えるものだ、ピント殿。……しかし儲《もう》けを生み出す秘訣《ひけつ》は、長く続けて、相手の信を得ることにあると聞く。いつぞやに大殿が——

わしの祖父《じい》さまが、そう言うておった。いや、それとも親父殿だったかな」

言外に匂《にお》わされた意味を、南蛮人の商人は素早く読み取っていた。

大殿・日新斎《じっしんさい》……その跡を継いだ若殿は嫡男《ちゃくなん》の貴久《たかひさ》……そのまた嫡男が、目の前に座る又三郎である。

すなわち、やがては彼がすべてを継ぐことになる。領地も、家名も、その他あらゆる権能と責務を。

この土地で長く商売をするつもりなら、跡取り息子との信頼を築くことは、けっして損にはならない。しかし、肝心な時に言を左右にして、その跡取り息子の求める言葉を、事実を、素直に献上しなかったとすれば……さて、どうなるか？

「なるほどね。相変わらずの聡明《そうめい》なお言葉ですな、若君」

「はて。わしが何か言うたかな」

貴方は権力を見せつけたのですよ、という一言をフェルナンは歯を食いしばって呑み込んだ。

この最果ての島で、ようやくまっとうな領主を――公正な君主の魂というものを日新斎とその一族のうちに見いだしたと思ったのは、はたして俺の読み違いだったのだろうか、と彼は考えた。

この島津の男たちもまた、これまでさんざん見てきた連中と――故郷で、インドで、そしてマラッカで出逢《であ》った、キリスト教徒を名乗るごろつきどもと——根は同じだというのか？

それとも……いや、そもそも、まっとうな君主などというものが、この世にあり得るのだろうか？

……そんな考えに囚われたフェルナンが、なにも応《こた》えずにいると。

「昔、弟の又四郎を相手に、戦《いくさ》の真似事《まねごと》をしたことがあってな」

なにげない風に、若武者が語り始めた。

二、

「いくさ、ですか？」

「ほんの戯《たわむ》れにな。おぬしと初めて会うたか会わぬかのころ……わしが九つか、十か。なに、大したことではない。港の子らを集めて足軽代わりに竹の棒を持たせ、わしと又四郎がそれぞれ大将となり、近くの岡《おか》で陣取りをしたのだ。竹の先に塗られた泥で相手の衣に印をつけるか、さもなくば組み伏せて背に土をつけるかすれば、討ち取ったものとする。大将が討たれるか、大将の陣取る岡を奪われれば負け、とな。たわいもないことだ」

「……」

「初めは、それぞれ足軽が五人ずつだった」又三郎は続けた。「しばらくするうちに、わしは一計を案じた。足軽の数を増やそう、とな。城の叔母殿から干《ほ》し飯《いい》をもろうて、それをやる代わりに、わしの家来になれ、と近在の子らにひそかに告げたのだ。わしの軍勢は夕暮れまでに二十人も増えた。集めた子らは、みな腹を空《す》かしていた。漁師の子ら、北の海から立ち寄った家船《えぶね》の子ら、それからほんとうの足軽の子供たちも居《お》ったろうな。わしはまさに大将気分だったよ——なにしろ己の兵《つわもの》どもをたらふく喰わせていたのだからな。翌朝、わしは勝ったも同然と、いつもの岡に陣取った」

「……そしてどうなったのです？」

「又四郎の足軽が三十人ほど押し寄せて、わしは負けた」青年は笑った。ほがらかに——と同時に、どこか哀《かな》しげに。「又四郎も同じ策を思いついていたのだ。あれが用いたのは獲れたての魚だったがな」

「なぜ急に、そんな昔話を私に教えてくださるのです」

「敗れる寸前、わしの配下だったはずの足軽が——おそらくは漁師の子であったろうな——わしの帯をつかみながら、まっすぐにこちらを見上げて言うたのだよ。『……二匹あるか？』とな。ない、と告げると、その子はわしに体を預けて、地面に倒した。それでわしは負けた」

「わかりませんな」

と応えながら、しかしフェルナンは理解していた。

（おそらく又四郎殿のほうは、魚を一人に一匹ずつ与えたのだろう……そしてその噂は又三郎殿の陣営にも伝わっていた。そこで腹を空かせた足軽は、己の大将に取引を持ちかけたわけだ――二匹もらえるならば、今ここで寝返らずにいるぞ、と。飢えた餓鬼の考えそうなことだ……飢えか！　そう、すべてはそこから始まり、そこで終わるのだ。そして愛の教えを説くごろつきどもが世にはびこることになるのだ。……）

「わしは慢心しておった」

又三郎の声が低くなった。

「配下を喰わせたつもりになっておった。勝ったつもりになっておった。わしのほうが良い大将なのだとな。が、あの足軽にとって、それは干し飯ひとつかみと魚一匹の較べっこでしかなかった。そして魚が勝ったのだ。――わしはその足軽を恨まなかった。貧しい漁師たちを恨まなかった。かれらは好んで貧しいわけではない。いや、むしろかれらを貧しくしているのはわしであり、わしの一族であり、つまるところ戦を飽きもせず繰り返す武者たちなのだ。

わしはその時ようやく、ほんのわずかにせよ、大将たる者の為《な》すべきことが解《わか》りかけた。皆が大将に望むものを解りかけた。そして己が、如何《いか》に恵まれて生まれついておるかを識《し》った」

　フェルナンは応えずにいる。

が、目の前の若武者が次に何を言うことになるのか、すでに全身で感じ取っていた。

「――ピント殿の眼は、時折、あの足軽そっくりになる。それで、つい、想《おも》い出話をした」

　フェルナンは身震いした。彼の舌が、知らぬ間に動き始めていた。又三郎をまっすぐに見つめたまま、彼は言葉を発していた。

「では私も遊びの想い出話をいたしましょう、若君。想い出であり、同時に今この瞬間にも私を捉《とら》えて離さない遊びについて。私はね、賭《か》けをしているのですよ――えらく大きな賭けを、とてつもなく大きな御方をむこうにまわしてね」

「ほう。で、その対手《あいて》とは？」

「神です、もちろん」

　フェルナンの、その短い一言の重さをかみしめるように……いや、かれの一言にとてつもない重みがあるのだということを肚《はら》の底から分かち合うために……又三郎は目を細め、腕を組み、低く唸《うな》った。

海鳥が、かれらの小舟を見おろしながら、高く旋回していた。

ふと、風がやんだ。

「おぬしらの崇《あが》める神仏というのは、幾度聞いても腑《ふ》に落ちぬが」

「私も若君に何度も説明してきましたが、なかなかの難物だと思いますよ。妬《ねた》む神と愛する神がどうしたら同一であるのか、この私ですら未《いま》だに納得していないんですから。

……そうですな、細かい神学はさておき、まずはこう考えてください。

ここにキリスト教という教えがある……私やザビエル殿の故郷のあたりですな。その東と南に、イスラームという教えがある。あの宿無丸やその母君は、こちらを信奉しております。その枝は多く、葉は生い茂り、東へ東へ拡《ひろ》まって、マラッカどころか明国の岸辺にも達しています。二つの教えは相争うこと、まもなく一千年にもなりましょうか。古き因縁、古き憎しみがそこにあります。

しかしながら、これらは一つの幹、一つの根から分かれて東西に伸びたにすぎません……地中深く、数千年の長きにわたって横たわる根は、ユダヤの民の教えです。そしてこの教えは、細く地を這《は》いながら、あちこちの港町で、あるいは高原の都で、数こそ少ないながらもしっかりと花開いている。そして西に広がったキリストの教えは、これを心の底から嫌っているのです。

いっぽうイスラームはそうではない。ユダヤの教えを責めることなく恙《つつが》なく暮らしていると聞きます。とは言え、必ずしも同列に扱うということでもありませんが。

この傾いた三角形、この等しからざる三つ又がすべての根源なのですよ、若君。三つの教えがあるのではなく、本来一つであるはずの教えが、同じ神を崇めるはずだったのが、それが何の因果か、たまたま三つに分かれ、しかも——いや、だからこそ、因縁めいた争いを続けているのです」

「ふむ。それで？」

「そしてそれらは、今、この薩摩の海において邂逅《かいこう》してしまったのだと——これが宿命でなくて、何だというのでしょう？」

「ムーサは……あの老人は、ユダヤの教えを捨てたと言うておるそうだが」

「教えを捨てた者は多く、改宗した者たちもまた少なくありませんよ」

フェルナンは、いつのまにか、小声になっていた。

「ですが、捨てるに捨てられぬものがこの世にあるとはお思いになりませんか？　代々慣れ親しんだ言葉、仕草、食事、屋根のかたち、祭りのたびに焚《た》かれる香の匂い、冬の星空の哀しいまでの美しさ。

それらがいつのまにか体の奥の奥にまで染《し》み込んで、切り捨てることもできず、譲り渡すこともできず、すっかり返上したつもりがいつのまにか胸のあたりに還《かえ》ってきては自分を悩ませる——そんなことがあるとはお思いになりませんか、若君？」

「まるで己が事のようだな、ピント殿」

「そうでしょうね」と商人は笑った。冷たい、しかしまぎれもなく本心からの笑みだった。「――なぜなら私もまた棄教者なのですから。私の母の父までは、ユダヤの教えを守って暮らしていたのですから」

「ほう」又三郎は言った。「それは初耳だ」

「そうでしょうとも。前にもお伝えしましたとおり、キリストの教えはユダヤの民をまるごと咎人《とがびと》としておりますからな。こんなことを口走ったら、ろくな仕事にありつけない」

「それで宗を改めたのか」

「改めたのではありません……棄《す》てたのです。棄てようとしているのです。もちろん私も、キリストの教えにしたがって生きようとしたこともありますよ。母の代に、大勢の同胞がそうしたようにね。ところが……」

フェルナンは目を伏せた。

「……若君、これだけは信じていただきたいのですがね。人には限界というものがあるのですよ。人の我慢というやつにはね。

いかが思われますか、宗を改めよと強《し》いる者たちの傲慢《ごうまん》について……そして自らの強いたとおりに、相手が『ではキリストに従いましょう』と宗を改めたとたん、今度は

『おまえたちはかつてユダヤの民であったから信用ならん』と鞭《むち》をふるい、財産を根こそぎ奪い始める教会と君主について？　いかが思われますか、若君？」

「わけがわからぬ、としか言えぬのう」

「それこそまさしく、過ぎ去りし日に、うら若きフェルナン・メンデス・ピントが田舎の空にむかって叫んだ言葉そのままですよ。

碌《ろく》でもない連中はどこにでもおりますが、隣人への愛と施しを唱えながら碌でもない所業によって隣人を苦しめている奴《やつ》らとは、さすがにつき合いきれません」

「ふむ。――で、それが賭け事につながるのか」

「大いにつながりますとも。わかりませんか？　この島へ……この国へ私が連れて来た者たちが、何者であるのか？　いかなる新たな教えが貴方がたの大切な国に流れ着いてしまったのか？」

「なるほど」

とだけ言って、又三郎はそれ以上言葉を継がなかった。

が、彼はたしかに得心していたのだ。

この世の果てからやって来た、三つの宗。……その深く絡《から》み合い、捻《ねじ》れた因縁。それが、島津の治めるこの地に、この海に運び込まれた。

いや、押し込められたのだ。――そう、火縄銃の銃身《つつ》に込められ、あとは放たれるのを待つばかりの、あの玉薬《たまぐすり》さながらに！

「だから私は火をつけるのですよ、若君」

又三郎の想いを読み取ったかの如《ごと》きフェルナンの言葉は、もはや本人にも聞き取れぬほど、微《かす》かだった。

「ここで、この豊かな海の国で。貴方がたの素晴らしい舞台の真ん中で……ユダヤの老賢者に手を貸し、イスラームの姫を助け、イエズス会の忠実なる宣教師に銀を貸し与えて……古い古い争いに再び火をつけ、炎に育て上げるのです。

この世をお創《つく》りになられたとかおっしゃる御方にむかって、私は骰子《さいころ》を振ってみせるのですよ――はたして生き残るのは神の子羊か？　三日月の戦士たちか？　それとも古き律法の教えがふたたび蘇《よみがえ》るのか？――これが私の賭け、私の真剣きわまりない遊びなのです。そして、出た目が何であれ、私はそれに飛びつく覚悟ができているのです」

三、

又三郎らの髪をなぶった力強い潮風は、湾の中央にそびえる火の山の麓《ふもと》へ辿《たど》り着くまでに、おおかたの力を失い、奇岩の隙間《すきま》をすりぬけるのが精いっぱいの、微かなゆらぎに変わっていた。

「――この隠れ住まいも、いつまでも万全とは思えませぬ。再び、例の足軽どもが襲うて来るやも」

異国からの客人たちをかくまう洞穴《ほらあな》の、入り口のほど近くに膝《ひざ》をつき、又六郎はそう説いている。

入り口の岩に腰をおろした姫御前は、なにも応えない。

宿無丸はといえば……しばらく前に、老賢者と共に、夕餉《ゆうげ》のための魚を獲《と》りに岸辺へと向かって、姿が見えない。寡黙な剣士イブラヒームは隠れ家の外に立ち、西に広がる海を睨《にら》み続け、その足元では、宿無丸の幼い妹が、戯《たわむ》れに薄い桜色の貝を並べては崩している。

――実をいえば、この数日というもの、夕暮れ時には必ずこの光景が……少年の説得が繰り返されていたのだ。

「あいしゃ殿」

言葉を継ごうとする少年にむかって、姫はようやく口をひらいた。

「この世に万全などということがございましょうや。すべては偉大なる御一人、すなわちアッラーの思《おぼ》し召し次第」

「人事を尽くして天命を待つ……という言葉が、われらの国にはあります」

「さようですか」

その一言に、ほんのわずかではあるが咎める響きを聞き取って、又六郎はあわてて付け足した。

「も、もちろん正しくは、この日ノ本のものではなく隣の明国の書にある言葉でありますす。ではありますが、しかし、すでに上古より数多《あまた》の経書、史書、詩歌はもちろん緯書《いしょ》に至るも彼の地より輸び込まれ、あるいは高僧をはるばる招き、学ぶこと一千年余、もはやわれらの国の言葉といっても過言ではなく……つまり、その」

「いいえ。人事を尽くす——佳《よ》い言葉です」宿無丸の母はうなずき、奇岩の隙間から海を眺めた。「佳い国なのですね、ここは」

褐色の肌に、疲れの色はない。

その大きな黒い瞳《ひとみ》も、長い髪も、豊かな胸のふくらみも……かすかな異国の香りと相まって、遥か彼方《かなた》にあるという百の尖塔の宮殿を少年に連想させる。

明国風の衣をまとった姫御前は、秋の柔らかな陽射しのもとで、ひどく年老いたようにも見え……しかし同時に、又六郎の兄たちと変わらぬ歳ごろのようにも映った。

——木《こ》のもとをすみかとすればおのづから花見る人となりぬべきかな

どこで目にしたものか。

そんな、古い古い歌が、なぜか思い起こされた。

（だが……ここには木もなければ花もない。あるのは石ばかりだ。冷たい石。御岳《おやま》から

降り注ぐ熱い石。波に揉《も》まれて砕けた、無数の石だ。石の狭間《はざま》に暮らす人は、いずこに花を求め得るというのか)

(この岩屋の中で、奇岩だらけの火の山のふもとで)

もう七年も隠れ住んでいるのだ——この女性《にょしょう》は。あらためてそう思い至った時、又六郎の胸に、ある面影がよぎった。

(亡《な》き母上とは似ても似つかぬ……しかし目鼻立ちではない。たたずまいでもない。が、なぜか、

(母上を思わせる)

唐突にわきあがってきた奇妙な想いを、少年は、こうべを振って肚《はら》の底へ押し込めた。

「話をはぐらかされては困ります」

「そのようなつもりでは」

「危惧《きぐ》は、足軽どものことに限りません。ここは薪《たきぎ》も真水も足りない。足場は悪く、薬草も見当たらない」

「智慧あらば、沙漠《さばく》のただ中であれ暮らすことも叶《かな》います。そして私たちは、これまで無事に暮らしてきました」

「これからも無事とは限りますまい」少年は言った。「貴女《あなた》の語っていた、あの者たち

が――〈キリストの戦士たち〉が既にここへ辿り着いたのですから」

「では如何《どう》せよと?」

「まずはここを離れて、城へ……われらの城へ。そこならば安全です。

幸い、明後日の晩は家船の者たちの祭りがあります。年に一度の月見祭りとかで、たいそう騒がしくなり、近在の者たちの目もそちらに集まりましょう。これに乗じて、薄暮のもとに舟を出せば……」

と。

姫御前は、うっすらと微笑んで、少年をまっすぐに見た。

彼の頬が、おもわず、赤く染まる。

このふた月というもの、すっかり打ち解け合った宿無丸の、その若い母君の美しいかんばせや、すべやかな肌を前にして、たしかに島津又六郎の頬は火照《ほて》ることが多かった。

が、この時は。

「それは貴方の御父上らの御許しを得ての、御申し出なのでしょうか」

「え?――」

「この地を統《す》べる王たち……島津宗家の貴久さまと日新斎さまの、御許しがとうとうおりたのでございましょうか」

又六郎は、頰を火照らせたまま、うつむいた。

己が、異国の姫の呪術《じゅじゅつ》によって、ひどく小さな駄々っ子に戻されたような気がした。

（父の許しがなければ、何事も決めることのできぬ子供であろう――）

と、見抜かれたような気がしたのだ。

そして。

「……あるら、あるら」

遥かな異国の言葉が、彼の耳を打った。姫御前の足元にうずくまり、きらきらと光る貝に見入っている幼子の声が。

（夜な夜な通う僧形《そうぎょう》の者）

長兄の又三郎が口にしていた、あの噂がよみがえる。

（われらの父が、ここへ通い、あいしゃ殿に生ませた子なのか。この幼い娘は、われらの異母妹にあたるのか）

（それとも）

そんな噂には根も葉もなく、この哀れな姫御前は、いずこよりか流れ着いた海の民のなぐさみ者として、この岩だらけの住処で子を産み落としただけなのか。

（ちがう）

そのようなことがあるはずはない、と又六郎は胸の裡《うち》で叫んだ。これほどまでに美しい人が、これほどに哀しげで、儚《はかな》げな人が……そのような暮らしに甘んじるはずがない。

（やはり、父上がこの人をここに匿《かくま》っているのだ。あのキリシタンの宣教師に見つからぬように……しかし、そうなると……）

そこで少年は最後の疑念に囚われるのだ。

（あいしゃ殿たちを、父は、はたしてこの地に匿っているのか……それとも閉じ込めているのか？）

ふと、地が揺れ、遠くから雷鳴にも似た深い響きがとどいた。

御岳が、しばらくぶりに、火を噴いているのだ。

又六郎は思わず身を硬くした。だが、姫御前も、幼い娘も、すっかり慣れた様子で彼の前にいる。

「私は」

と少年は言った。

「元服も済ませました。もう一人前の……立派に一人前のつわものです。そして宿無丸殿はわれら兄弟の命の恩人。その母君を助くるにあたって、あれこれ父から許しや指図を得る謂《いわ》れは、そもそも、ありませぬ」

「ですが」

「いいえ」伏し目がちに、又六郎は、相手の言葉をさえぎった。「ご心配には及びませぬ。父の許しは得ております。得たも同然であります。私の兄が直談判《じかだんぱん》をいたす手はずで……いえ、今ごろはすでに談判も無事終えております。おるはずです。――明後日には正式に、こちらへ使いの者を差し向けますゆえ、身支度のほうを」

◆

又六郎の強引な言葉は、しかし、半ば以上は真実だった。

清水城――鹿児島の湊からさほど遠くない、島津の当主・貴久とその家族がすまう城である。手前に屋形が、山沿いには城塞《じょうさい》がそびえ、眼下の内海を睨みおろす。

その館《やかた》の表廊下を、立派な体軀《たいく》の男たちが、派手に踏みならしながら、大股《おおまた》で出てゆくところだった。

「おう、又四郎！――いや、もう義弘《よしひろ》殿か」

終えたばかりの軍議の興奮を隠そうともせず、十名ほどの……あるいは年老い、あるいはまだ若い、しかしいずれも潑剌《はつらつ》とした……そんな男たちが、通り過ぎざま次々に又四郎へ声をかける。

「どうだ、早よう戦に出たかろう？　備えのほうは万全か？　鍛錬は欠かしておらぬな？」

「初陣《ういじん》が待ち遠しいばかりにござりますよ、お歴々」

「うむ、よくぞ仰《おお》せに！」

「それでこそじゃ！」

一同の大声は、廊下どころか庭にまで響きわたる。

「ふん、まだまだ！」

よく陽に焼けた、赤ら顔の巨漢……海の衆をたばねる叔父の忠将《ただまさ》が、又四郎の脇腹《わきばら》をつついた。又四郎たちが、ひそかに、赤叔父とあだ名をつけた猛将である。

「腰が据わっておらんぞ。初陣の前に、あちらのほうの初陣も済ませておかねばのう！」

どっとあがる宿将たちの笑い声に、屋敷の庭から、鳥たちがいっせいに逃げるように飛び立った。

適当に相槌《あいづち》を打ちながら、又四郎は、ふと、

（元服を済ませたはずが……この頼りがいのある猛者《もさ》たちから、おれは、かえって遠ざかってしまったような）

そんな想いを抱かざるをえない。

（おれは……いや、おれだけではなく……又六郎も、兄上も、まだ戦に出たことがないからか）

国境に、諍《いさか》いが絶えたわけではない。しかし彼らの父・島津貴久は、機を待っているのか、息子たちの初陣を急ぐ気配すらなかった。

又四郎は、去ってゆく男たちに一礼しつつ、ふと気づいた。

（汗の臭《にお》い――）

それは、かすかに血の香りを含んだ、大人の臭いだったのだ。


「入れ」

叔父たちが去ると、引き戸越しに、野太い声がした。

又四郎はすばやく入室する。

ほの暗い、質素な板張りの部屋――その上座に、彼の父・島津貴久がいた。

祖父の日新斎は、大陸風の椅子《いす》を好んだが、現当主の貴久はそうではなかった。あぐらをかき、脇息《きょうそく》はつかわず、右手は扇をつかんだまま、床に広げた大きな絵地図を、前のめりに睨みつけている。膝の上には脇差《わきざし》を載せ、左手で鍔《つば》のあたりを撫《な》でていた。午後の陽射《ひざ》しが、端正な横顔を紅《あか》く染める他は、室内はすでに薄やみに等しい。

南薩の支配者にして、はるか鎌倉殿の御代《みよ》より薩摩・大隅《おおすみ》・日向《ひゅうが》の正統なる守護職に就いてきた島津一族の、その若き棟梁《とうりょう》……とはいえ、すでに齢《よわい》は三十六を数える。

幼少の砌《みぎり》、その才ゆえに、弱りきった宗家に請われてこれを継ぎ、爾来《じらい》、日新斎と共にひたすら戦の日々を重ねること二十余年。

守護職を争った分家筋や、有力な周辺諸氏との争いを、一段落させたのがようやく数年前。しかし、かつて宗家の証《あかし》としてそびえていた旧城は、せっかく落ち着いた分家とのあいだに無用な諍いの種を増やすべからずという日新斎の思慮により、あえて未だ手をつけずにいた。

「罷《まか》り越しました」

父上、とは呼ばず、さりとて御屋形《おやかた》様などといった仰々しい物言いもせず――わざと簡潔な挨拶《あいさつ》を口にしつつ、又四郎は板の間の隅で平伏する。

「うむ」

貴久は、絵地図から目を逸《そ》らさない。

そんな父の眉間《みけん》のしわが、帰城して面会を許されるたびに、深くなっているのを又四郎は見てとった。

（戦だ）

（戦が続いているのだ……おれのまだ知らぬ戦、まもなく知ることになる戦……父上の黒々としていた鬢《びん》を一筋また一筋と白く染め、しわを深く刻んでゆく、あの目に見えぬ化生《ばけもの》）

若くもあり、年老いても見える父。

――その、すぐ隣に、見覚えのない僧形の男が静かに坐《ざ》していた。

歳のころは、二十過ぎか、あるいはもう少し上か。

天台宗《てんだいしゅう》の僧であるらしいことは、装《よそお》いなどから察せられる――が、髪はしばらく剃《そ》ったようすがなく、一寸ほど伸びている。よほどの長旅で苦労をしてきたのか、それとも私度僧《しどそう》の類《たぐ》いなのか。

いずれにせよ、父・貴久のかたわらに悠然とひかえるその様は、よほどの信頼を勝ち得た者としか思えない。

そして貴久もまた、この僧形の男を前にして、年来の盟友と武略を談ずるが如く、絵地図のそこかしこを扇で指し示しては、短く、

――ここは如何《いか》に。

――ではこちらは。

と、ささやいている。

同じように短く答える僧形の男の、涼やかな目許《めもと》にも、ほとんど不気味なほどに白い肌にも、疲労のかけらもなければ荒くれ法師にありがちな傷痕《きずあと》もなかった。

では、貴い御方が身をやつしているのか……と思えば、それもどこか違う。黒い袖《そで》に隠れきっていない指先は太く、力強い。あきらかに弓矢や刀鎗《とうそう》の扱いに慣れた者のそれである。

そして口元だ。

目許の、涼やかでどことなく高貴でさえある印象を、わざわざ打ち消すように、皮肉めいた笑みをうかべている。

（……面妖《めんよう》な）

又四郎は、われ知らず、眉をひそめていた。

彼が日頃見知っている僧侶《そうりょ》といえば、武家も敵《かな》わぬほどの荒くれ者か、でなければ、弟の又六郎が羨《うらや》むほどに学問に熱中したあげく歳をとりすぎた老人か、いずれかに限られていた。

（この者は――ただの僧ではない。それどころか、そも僧侶ではないのか。だが、ならば何者だ?……）

と。

又四郎の視線に気づいたのか、僧形の男が一礼して、

「日秀《じつしゅう》と申しまする。日新斎さまには、ひとかたならず――」

挨拶を始めようとした、その時。

「御岳から、あの異国の者どもを動かすこと、まかりならぬ」

唐突に、野太い声が、板の間をゆるがした。

はっとして、又四郎は父親の顔を見る。

貴久は、眉間にしわを寄せて絵地図に見入ったまま、微動だにしていなかった。

「――何ゆえにござりまするか！」

「ほほう」貴久は太い眉をかすかに上げ、しかし、次男坊の顔を見ようともしない。

「島津宗家の主にむかって、議を申すか」

又四郎の項《うなじ》の毛が逆立った。

議、というその一文字に、薩摩国の男たちは、ひどく重たいものを担《にな》わせている。

議を申す。――これ即《すなわ》ち、まっすぐな行動を避け、言葉の蔭《かげ》に逃げ込むふるまいに他ならない。

薩摩の男は、ただひたすら、突き進む。

突き進み、己が器量を満天下に知らしめ、敵を砕き、配下を増やし、あるいは己よりも器量ある者にまみえればその下で全《すべ》てを賭けて、さらに突き進む。

戦であろうと、商いであろうと、はたまた親と子のあいだの何気ない会話であろうと、根に横たわるものは変わらない。

だからこそ又四郎は、僧形の男の正体を訝《いぶか》しむ気持ちもどこへやら、こう応えるしかなかった。

「議にあらず！　ただ御屋形様の御所存を、しかと承りとう存ずるのみ！」

「異論がなくば、それに従え」

「されど……」

「他に用はない」

「なにゆえ――！」

自分と弟がひそかにおこなおうとしていた事が、なにゆえ父に露見していたのか、と問いかけようとして又四郎は唇を噛《か》んだ。

それこそ無駄な議に他ならない。

（くそっ、こんな役目は又六郎《ろく》のやつにやらせるべきだった……おれでは父上と議論しても敵うわけがない。ええい、又六郎め、さっさと舟を持ち出しおって……いいや、これはおれが阿呆《あほう》だったということか）

「他に用はない、と言ったぞ」

父親の低い声に、又四郎は、あわてて言葉を探した。

「僭越《せんえつ》ながら――仔細《しさい》はさておき、姫御前とその一行はわれら島津の家の客人。おれと又六郎にとっては命の恩人。それを、あのような処《ところ》に放置するなど、われらが家の体面にもかかわりましょう。

事実、つい先だっては素性も不明の足軽どもに狙《ねら》われたのでござります。義を見てせざるは勇なき也《なり》、と古《いにしえ》の聖人も記しておられるとおり。大殿から、そのように教わりました」

「大殿は大殿、わしはわしだ」

「しかし！」

「それともおまえは、この国に流れ着く者を、一人のこらず庇護《ひご》しようという心算か？あの、親をなくした野良猫《のらねこ》どもを拾い集めておるのと同じように？」

「……！」

顔を真っ赤にして、又四郎は立ち上がった。

それとこれとは話が異なりましょう、と反駁《はんばく》する、その寸前——廊下で大きな物音がした。

「……ちちうえ、ちちうえ！」

舌足らずの幼い声が響く。と思うまもなく廊下から、まだ小さな、元気のよい男児がひとり、おぼつかぬ足取りで、文字どおり転がり込んで来たのである。

数えで三歳になる、島津宗家の四男——又七郎であった。

「おお！」

それまで、太い眉をほんのわずか動かしただけの貴久が、急に相好《そうごう》を崩して立ち上がるや、室内を駆け回らんとする末息子を、さっと掬《すく》いあげた。

「お、御屋形さま！　こ、これは、たいへんな粗相を――」

守役《もりやく》とおぼしき、色黒の、頬に一面そばかすを浮かせた若い娘が、そそくさと駆け込み、あわてて平伏する。

「も、もうしわけございません！　ささ、又七郎さま、お邪魔をしてはなりませんよ。奥へ、奥へお戻りなされて」

「よい、りく」

島津の当主は、若い娘にむかって優しく語りかけた。

「久方ぶりに我が末っ子との対面が叶うたわ。むしろ重畳《ちょうじょう》ぞ。どうじゃ又七郎、息災であったか？　うむ、そうだ、りくには褒美《ほうび》をとらせよう。何がよい？　この脇差がよいか。いや、これではあまりに無粋。こちらの扇がよいかな。美濃《みの》紙の佳《よ》い品じゃぞ」

「い、いえっ、そのような！――滅相もございません！――」

りく、と呼ばれたそばかす娘は、長い黒髪を振り乱すように平伏したかと思うと、主君の太い腕から幼子を奪い取る。そして旋風も顔負けの素早い身のこなしで、女子供の住まう奥のほうへと走り去って……残されたのは、いまだ名残惜しそうな貴久と、端然と黙したままの僧形の男と。

そして、ただ啞然《あぜん》と立ち尽くす又四郎であった。

「なんだ、まだ居ったのか」

ふたたび腰をおろした父の、

「猫で足らぬなら、そう言え。りくを遣わそうぞ」

つぶやきが、鋭く、若武者の全身を貫いた。

「――もう頼みませぬ！」

怒鳴るが早いか、又四郎は、島津家当主への一礼すらもなしに、外へと跳び出していった。

四、

廊下の分厚い板を踏み抜かんばかりの、激しい足音が遠ざかるのを聞きながら――

「……いやはや。あの御様子では、又四郎様が殿の御下命に反するは必定《ひつじょう》でしょうな」

残った二人の男たちのうち、僧形のほうが、先に口をひらいた。

「だろうな。そこで、おぬしの出番というわけだ」

「拙僧の？」日秀は、とぼけたような声を出す。「拙僧に何ほどのことができましょうや」

「坊主《ぼうず》になりすまして京から薩摩まで気楽にやって来られる者ならば、この家の次男坊と三男坊の目付役くらい容易《たやす》く務まろうが。今はこちらも人手が足りぬ」

「しかし、拙僧ひとりというわけには」

「では一人つけよう。助三は動けぬで、助五《すけご》あたりを……いや、いっそりくでもよいか」

「先ほどの、あの娘でござりますか。あれも助の一族で」

「頭領の助左衛門《すけざえもん》の、六番目の子だ。又六郎と同い年のな……ああ見えて、もの憶《おぼ》えもよいし、目端《めはし》も利《き》く。手火矢《てびや》も遣《つか》うぞ」

貴久は、脇差を目の前でまっすぐ縦に構えて、火縄銃を撃つ仕草をしてみせた。

「そういえば、いろいろと試しておるのだが……あの手火矢という代物《しろもの》、女子《おなご》のほうが向いておるやも知れん。鎗《やり》ほどに膂力《りょりょく》も要らず、騎馬ほどの修練も要らぬ。

以前、助太《すけた》にも種子島《たねがしま》で造らせたものをまとめて送ったが……助太のことは、おぬしも見知っておろう。助左衛門の長男だ。和泉《いずみ》国の小西という商家に婿《むこ》入りして、薬や革をもっぱら扱うておる」

「はい。二度ほど、堺の茶席で。大黒庵《だいこくあん》さまの御屋敷でしたか。ただ、その折には立佐《りゅうさ》と名乗っておりましたが」

「ふむ」貴久が、ふと目を細める。「あやつめ、遊んでおるな。これが近ごろ流行《はや》りの数寄《すき》というやつか」

「はて……いや、なるほど」

日秀もすぐに答えに気づいたらしく、小さくうなずいた。助太の助は意において佐《すけ》と等しく、太《た》は音において「立つ」に通ずる。わざと元の名を匂《にお》わせつつ新たな名を名乗っているのだ。

「いずれにせよ助太とはつながっておけ。おぬしの役にも立とう。京のこともたびたび報《しら》せてくれているが……ちなみに近ごろの種子島《てびや》の評判、どうなっておる」

「こちらと同じく、たいそう値が張ってはおりますものの、なかなか使いこなせる御仁は多からず――」

日秀は、くすりと笑って、

「売り込みにあちこち廻っておりまする拙僧のほうが、かえって器用に扱うてしまう有様で。いつぞやは、越前《えちぜん》の某家から仕官せぬかと誘われました」

「であろうな。そのうち四条《しじょう》あたりで女子《おなご》衆を集め、娘子《じょうし》軍のひとつも設けるがいい。見物人から銭を集めたら、御所の白壁くらい修繕できるやも知れぬぞ」

と、冗談とも本気ともつかぬ一言を吐いてから、島津家の当主はふたたび絵地図に向きなおった。

彼の視線の先には、小さな丸が……すなわち鹿児島の内海に浮かぶ、桜島があった。

「ともかく、あれの事はおぬしに任せる――なに、さほど手間はかかるまいて。あれだけ怒らせておけば、明日にでも島から城へ連れ込もうとするだろうからな……あるいは、家船《えぶね》の祭りに便乗するか」

「明後日、でござりましたか」

「いずれにしても、ここ数日だ。弥次郎を通じて、噂《うわさ》は流しておく。あとはあのザビエルめがどう動くか……」

「しかし――」

「言うな。姫御前《ひめごぜ》の一件がこうなっておるのは、おぬしのせいでもあるのだぞ。十兵衛《じゅうべえ》」

「日秀でございます」

「知らぬわ」

貴久の低い笑い声が、柱に反響した。

「そもそも、おぬしは幾つ名前を持っておるのだ。わしが知っておるだけでも、片手の指では足りぬ。十兵衛、日秀、重太郎《じゅうたろう》、笹屋《ささや》、明庵《みょうあん》、楠葉《なんよう》、明智光秀……」

「名前と膏薬《こうやく》は、いかほど多かろうとも困ることがござりません。いずこにも貼《は》り付きますれば、大層重宝いたしまする」

「ほざけ。――で、いずれが真《まこと》の名だ」

貴久は、戯れるように、手にした脇差の柄頭《つかがしら》で日秀の膝をつついた。

「さて。忘れました」

「名を忘れたか。面白い。では氏《うじ》は」

「それも」

「易《やす》いものだな──名も氏も捨て、主《あるじ》も持たず、ふらりと旅に出たか」野太い声が、かすかにゆらぐ。「この島津の当主とは大違いだ。こちらは古き家名を護《まも》るのが精一杯……明けても暮れても、目にするは具《ぐ》足《そく》と陣構え……」

「捨てたのではござりませぬ」

日秀の声にも、冷たい蔭が差した。

「いかほど捨て去ろうとも、まつわりついてくるものが、この憂《う》き世にはございましょうほどに……それがため、かえって一期《いちご》一会《いちえ》こそ有り難く、その朝、その夕の主に、偶々《たまたま》の縁《えにし》あらば仕え、縁の途切れて後はまた離れ……ひたすら東西して席を温める間もなき暮らしにて」

「たいした奴だ。孔子を気取るか。ならば今の、今のおぬしの主は、いずれの家だ」

なにげない風に、貴久は訊《き》いた。

が。

その声色に反して、彼の双眸《そうぼう》は、僧形の男の相好をかけらも逃さず捉《とら》えんとしている。

「今の？」

「今の、だ。細川京兆家《ほそかわけいちょう》か、近衛《このえ》の大殿《おとど》か、あちこち逃げ回る足利将軍家か。はたまた御所におわす上御一人《かみごいちにん》か。それとも――」

このおれに仕える気はないか。

と、貴久は決して口にすることもなく、日秀と名乗った男もまた、そんな貴久の孤独な瞳を見ようとはしなかった。

「さて……名に囚《とら》われず、主家に囚われず、人間《じんかん》にただ生きることも、また一つの道にござりますれば」

「ふん。堂に入った坊主ぶりだ。わしでさえ、思わず騙《だま》されるところだわい。――で、諸国の次第は？」

「されば」

しわぶき一つ、放ってから。

僧形の男は、太い指で、絵地図をなぞりはじめた。

……縦横さしわたし五尺ほど、子供であれば二、三人は寝転べるほどの大きな図である。一見稚拙な墨跡は、端から端まで、瞑《つぶ》れる大蛇《だいじゃ》の群れさながらに、うねり、絡まり、あるいはとぐろを巻いている。

その曲がりくねった線が、薩摩のみならず――九州はもちろん、南は琉球《りゅうきゅう》、南蛮の島々を、北は朝鮮国から明の首都・北京《ペキン》まで、さらには遥《はる》か北方なる韃靼《だったん》の地をあらわし、もちろん東には南海道をのぼって京へ至り、そのむこうに横たわる北陸道、東山道、東海道をも含んでとどまることなく、遠く陸奥《むつ》と蝦夷《えぞ》の端まで描かれていることに……馴《な》れぬ目であれば、しばらく気づくことが叶わないだろう。

「まずは山陰、山陽」

と日秀は語り始めた。

「大内の領内に目立つ動きはございませぬ。ひたすら石見《いわみ》より銀を積み出しては、明国に攻め入らんばかりの商いぶり。美童《びどう》狩りも例によって止《や》む気配がなく。縁戚《えんせき》にあたる大友は、例の家督争いのため動き得ざること是《こ》れ同じく――土佐一条《いちじょう》では、先代の自刃《じじん》騒ぎがございましたが、幼君が跡を継ぎましたので、こちらもしばらくは動けますまい。

それよりも危ういのは畿内《きない》の細川京兆家、こたびの戦で晴元《はるもと》さまは京を追われ……」

「続かぬものだな」島津の王は、眉間にしわを寄せ、指折り数えた。「大物《だいもつ》崩れ以来……ふむ、それでも十八年。保《も》ったほうか」

「このままでは遠からず立ちゆかぬかと」

「京兆家が、か。それとも足利将軍家のことを言うておるのか」

「なにしろ乱世にてござりますれば」

「乱世とな」

貴久は嗤《わら》った。

「おぬしらは、すぐにそれだ。やれ乱世なり、末法《まっぽう》なりと——それさえ唱えておれば、世の移り変わりを解き明かした顔ができる。

わしに言わせればな、かの吉野朝《よしのちょう》と合一なって以来の百五十余年、室町殿の御世がここまで乱れてしもうたのは、日野《ひの》家の専横のせいでもなければ応仁の大乱のせいでもない。足軽どもの付け火のせいでも、ましてや悪《あ》しき下克上《げこくじょう》の風潮ですらない。——ただ単に、細川殿と大内の奴めが、明国との交易の利を競うたがゆえに過ぎぬ。

その余りの巨利が、強欲を呼び、本朝に大きなひびを入れ、明国の海禁を続けさせ、世を乱しておるのだ。

そしてその迷惑をこうむるのが、明国への密《ひそ》かな海路をあずかる、われら九州の武者の家なのだ。

天下にはそろそろ静謐《せいひつ》になってもらわねば、こちらの身が保たぬわ」

「お怒りのほど、まったくもって御尤《ごもっと》も……」

皮肉なのか本気なのか、僧形の男は深々と床に額をつけて、

「御上にお伝えしておきまする」

「で、その近衛の大殿は。ご無事か」

「はい。三好一党に、かなり攻め込まれましたが。お若い義輝《よしてる》さまや大御所の義晴《よしはる》さま

と御一緒に、今ごろは共に近江坂本《おうみさかもと》の——さよう、常在寺《じょうざいじ》あたりに。

大殿さまは……というよりもむしろ義晴さまに嫁ぎあそばされた妹君が、と申すべきやも知れませぬが……近ごろは上杉管領《うえすぎかんれい》家に望みを託しておる様子。万一の折には、近衛の一族郎党そろうて関東へ下向するやもしれませぬ——が、当面は三好の内訌《ないこう》を待つが上策との仰せ」

「三好筑前守《ちくぜんのかみ》長慶《ながよし》か。なかなかの者らしいが」

「よい家宰《かさい》に支えられております。名を、松永久秀《まつながひさひで》。堺の大黒庵さまも、常より目をかけておいでです。実弟の長頼《ながより》がまた一廉《ひとかど》の武者ぶりにて、鎗を遣い、人望も厚く……三好党の中には松永兄弟を関羽《かんう》と張飛《ちょうひ》になぞらえる者たちさえ」

「ふん」貴久は、口をへの字に曲げた。「英雄出《い》でて鹿《しか》を逐《お》えば、鹿の蹄《ひづめ》が中原《ちゅうげん》を乱す。かくして畿内は相も変わらず難治の巷《ちまた》というわけだ」

「御意」

「おまけに、その関羽に劉備《りゅうび》を斬《き》らせようと企《たくら》む悪人もここにおるしな」

「それがゆえに、近衛の殿下からは『今度《こたび》もまた島津宗家の比類なき忠心を是非に』と——」

そう言われたとたん、島津家の当主は、弾《はじ》かれたように笑い出した。

「おうおう、そうであろう、そうであろうとも！　おぬしの名前と同じく、宋銭《そうせん》のたっぷり詰まった忠節が、多くて困ることなどなかろうて」

「……拙僧は一介の使者にてござれば、摂家の御懐《おんふところ》具合につきましては、何とも」

「おぬしがただの使い走りならば、わしなんぞはただの御家人に過ぎぬわ。

前にも言うたがな、十兵衛、明国と密かに交易をして儲《もう》けておるに相違あるまい、と勝手に思い込まれても困るのだぞ。

われらはあくまでも三州の守護の家——湊《みなと》を保ち、海陸の道を整え、領民を護るのが本分。

北の大国・大内の銀がさっさと尽きぬものかと祈っておるのも、頑固頭の大明帝国がいつまでたっても海禁を解かぬせいで命懸《いのちが》けの商いを配下に強いておるのも、好きこのんでやっておるのではないわ」

「それは大殿さまも、足利殿も、重々御承知のことかと。——して、こたびは如何《いか》ほど」

「いつもどおりだ」

「かたじけのうございます」

「やれやれ。いずこも同じというわけか」

閉じた扇で己が額を打ちながら、貴久は嘆息する。

「こちらの親父殿《おやじ》の散財も、とどまるところ知らずだ。唐天竺《からてんじく》の貴重な経典を次から次へと買い集めて飽くところがない。おかげで、われらは大隅どころか北薩攻めの備えに一苦労、二苦労だ。それでなくとも、明国の取り締まりが厳しうなっておるというに。さきほど忠将《ただまさ》のやつが嘆いておったのを聞いたであろう」

「は、それは」

「親父殿にも聞かせてやりたかったわい。学問好きにも程がある」

「三教を修めて、なお驕《おご》ることなし。実に御立派な御ふるまいにござりまする」

日秀は合掌し、深々と頭を下げた。

三教、すなわち儒・仏・道の貴い教えを指す。

島津日新斎は、まだ忠良《ただよし》を名乗っていた若いころから種々の学問に熱心であったが、加世田《かせだ》に隠居した今は、前にも増して明国から数多《あまた》の文物を取り寄せているのだ。中でも、経典のたぐいは群を抜いて多い。

「親父殿は漢籍《からぶみ》に囲まれてお愉《たの》しかろうが、こちらはまだまだ戦が続くのだ。陸でも、海でもな」

「御仏の貴い教えを広めるためならば……」

「くだらぬ。わしは一向宗ではないし、親父殿もそのつもりはないぞ」

「されど大殿の――日新斎さまの遠謀は、そ﹅こ﹅にあるのではござりますまいか」

「なに？」

「三教一統」
　こともなげに、日秀は言った。
　しばらくの沈黙の後に――。
「ふん」
　貴久はつぶやく。
「あの面倒くさい一向宗がいなくなるのなら、肯《がえ》んぜぬでもないがな。それで如何《どう》する
……一向宗を消し去り、法華宗《ほっけしゅう》をおさえつけ、南都北嶺《なんとほくれい》を一つにまとめ、孔孟《こうもう》に加えて
最新の朱子も盛り込むか。伊勢《いせ》と出雲《いずも》を呑《の》み込んで、ついでに八幡大菩薩《はちまんだいぼさつ》も織りまぜて
……それで足利殿が京に無事御帰還めされるのか？　乱世がぴたりと治まって、文武百
官が参内《さんだい》し、百姓《ひゃくせい》は素直に徴税に応じようてか？」
「ふふ、さてそれは……」
　日秀は薩摩の王の皮肉を、いっそうの皮肉な笑みで受け止めつつ、付け加えた。
「ついでに、あの南蛮の新たな宗も入れては如何でしょう。せっかくこうして薩摩の地
にお招きなされたのですから」
「キリシタンか」と貴久。「そしてあの……イスラアム、とか申しておったな。あの姫
御前らの民の」
「はい」

「そこまで世話を見きれぬわ。招いたのではなく、勝手に流れ着いたのだ。その仔細はおぬしも重々承知のはずだぞ……あの姫御前とあれだけ親しうなっておるからには」

その一言を、するりと避けるように――日秀と称する男は微笑《ほほえ》んだ。

「かれらの漂着もまた御仏の御導きやも知れませぬ」

「この際だから言うておくがな、十兵衛よ」

口の端を歪《ゆが》めた貴久の、右手が、つかんだ脇差の鐺《こじり》を、どん、と絵図面の中心に突っ立てた。

「教えで国が治まるならば……延喜《えんぎ》天暦《てんりやく》どころか、釈迦《しやか》が入滅する前の晩までに、われら武者の家は悉《ことごと》く廃《すた》れておったろうさ」

五、

日秀と称する男と、島津貴久が語り合った翌日……城下に、もう一人、相似た難問のために頭をかかえている男がいた。

弥次郎《やじろう》である。

（やれ、どうしたものか――）

こちらの頭痛の種は、南蛮僧フランシスコ・ザビエルその人であった。

あの、鹿児島に帰り着いた最初の夜……幸運にもあの異教徒の少年に遭遇し、あと少しで、この東方への旅の目的の第一をザビエル師が達するところであったのが、島津の跡取り息子の目くらましに騙された——と気づいて以来、これまで以上に、南蛮の宣教師は例のものに執心している。

「……メダリオン、あのメダリオン！　ああ、あと一歩、あと一呼吸早ければ、この手にあの愛《いと》しきものを摑《つか》めていたでしょうに！」

島津貴久からあてがわれた、聖堂代わりの屋敷で、ザビエルは弥次郎にくりかえし叫ぶのだった——が、その日は、さらに続きがあった。

「弥次郎、弥次郎！　あの、シ、シ、シマヅの兄弟たちが、宿無丸《すくなまる》めを引き取ろうとしている、という噂は本当なのですか？」

「は」弥次郎は、まだ夜明け前の、暗い部屋の隅で声をひそめる。「明日、祭りの夜に運ぶとのこと……助三が、そのための舟を備えておると言うておりましたので、間違いないと思われます」

「では、メダリオンも？」

「今は宿無丸のもとにございますが、そろって城に移るとあらば、当然ながら」

「……こちらへ、あれが再びこちらへやって来る！　おお、善なる神を讃《たた》えたまえ！」

宣教師は甲高い声で叫んだ。

「絶好の機会です！　これぞまさしく、し、し、主の御手のなせる業《わざ》……あの暗き夜に奪われたものを、われらは新たなる夜に取り戻すのです！　それでこそ闇《やみ》は祓《はら》われ、光がわれらの行く先を照らすことでしょう！」

「お言葉ですが、手下《てか》が少々足りませぬ。と申しますか、わたくし一人ではどうにも」

「そなたの縁者が居《お》るでしょうに。先日、洗礼も授《さず》けました。彼らを集めて、船を襲うのです」

「は、しかし……かれらも薩摩の領民、そこまでの狼藉《ろうぜき》は」

「なにを申すのですか、弥次郎。し、主の栄光のためならば、この穢《けが》れた身を擲《なげう》ってでも力を貸すのが当たり前のこと」

ことなげに言ってのけるザビエルに、弥次郎は応《こた》えようもない。

たしかに、かれらが属するイエズス会をはじめ、弥次郎がこれまで出逢《であ》った〈キリストの戦士たち〉は、じつに見事に……としか言いようのないほど、なんのためらいもなく、己の肉と心を大日如来《だいにちにょらい》デウスのために捧《ささ》げ尽くす。

と同時に、デウスを信ぜぬ者たちの身体《からだ》も、勝手に捧げようと振る舞うことが多かった。

つまりは、キリシタンであろうがなかろうが、とにかく身を軽んじがちなのだ。

「は、さりながら……ここはひとつ、あの船頭のピントから借りた金子《きんす》で、湊の男どもを幾人か雇うては」

「ああ、あの銀ですか。あれはもう使いきって、残っておりません」

「……なんですと⁉」

弥次郎は、思わず、暗い屋敷の中を見回した。

貸し与えられたこの家屋のいずこかに、知らぬ間に立派な銀の聖堂が付け加えられているのでは、と妄想したのである。

「あれでも足りぬくらいでしたよ。湊の貧しき者たちに食事を与え、かれらのために薬草を買い求め、洗礼の準備をして……なにしろこの国には救わねばならぬ魂が、たっぷりありますからね。特に、あの貧相な船に住む哀れな者たちときたら！」

「家船《えぶね》のことでござりますか」

かれらは季節の移り変わりとともに、あちらこちらの湾を渡り歩く海の民であり、ことさら哀れというわけではないのですが……と、折にふれて説いてはいたのだが、ザビエルの意見を変えるには至っていない。

この、西の果てからやって来た宣教師は、すくなくとも底無しの善人であることだけは間違いなかった。

そして——善人ほど始末に負えぬものも、また他にないのだ。

「では弥次郎、そなたが何とか策を講じるのです。その衣服を売り払って荒くれ者を雇うもよし、独りで船を襲うもよし」

「わ、わたくしが、ですか」

「そうです！　私には多くの民に洗礼を授ける勤めがありますゆえ。おお、主の御加護のあらんことを！　そなたならば必ずできます……弥次郎、いいえ、天の御遣い・アンジェロ！　往《ゆ》きなさい！　苦難の道を、退廃のローマ目指して!!


……」


と、そんな言葉を交わしたのが、すでに半日前のこと。

以来、弥次郎は悩み続けている。

策が無いのではない。

銭が足りないのである。

「――あのキリシタンとかいう者たちは、たいそうな財宝を隠し持っているに違いない」

という噂は、すでに鹿児島一帯に広がっていた。

実情を知る弥次郎からすれば、それこそまさしく大いなる誤解であった。

南蛮の、そのまた彼方《かなた》からはるばるやって来たポルトガルの民――彼らは、食事に毒が混じらぬよう銀の食器を用いることを常としていた。その他、主を讃えるための燭台《しょくだい》や、主の苦しみを再現するための小さな十文字の首飾りや、とにかくあらゆるところで、銀を用いることが多かったのである。

それが、

――あの南蛮坊主どもは、銀をふんだんに使うておるわい！

――では、あやつらに雇われれば、たんまりと……よし、ふっかけてやるか。

――おお、そうじゃ。弥次郎だけに稼がせはすまいぞ。

と、ねじ曲がるまでに、十日とかからなかった。

いつの世であれ、いったん広まった噂はどうにも元に戻しようがない。

かくして弥次郎は、己の歩にはるか先んじて駆け巡る噂のせいで、ろくな人手を雇えずにいた。

（さて、どうするか……いや、そもそもどうしようがあるというのだ？　おれに何ができるのだ？）

懐手に、猫のように背を丸めて、弥次郎はとぼとぼと独りで歩く。

あてはない。

ただ、歩かずにはいられなかった。

（なんのあてもなく、ただこうやって、どこまでも……これぞまさに、おれの半生その

ものではないか)

(島津の大殿につき従っておったほうが、まだましだった……いや待て、おれはまだ大殿の配下だ。少なくとも、おもてむきはそうなっておる。おれが二君に仕えていることは誰も知らぬ。このおれしか知らぬ秘事……どころか、おれ自身すら真のところ己がどちらに仕えているのか、よくわからぬのだ)

(どうしておれは、こんなに弱いのだ……そうではない、弱いからこそ南蛮の教えに惹《ひ》かれたのだ……しかし、あの苦しみに満ちた十字架像が、いったい何の救いになるというのだ？……ああ、あのメダリオン！　呪《のろ》われたメダリオンめ！――)

気づけば、彼は、港の外れにまで辿《たど》り着いていた。

砂浜が途切れ、足場の悪い磯《いそ》のそのまた片隅に、波を避けて家船の群れが並んでいる。すでに陽も傾いて、大人たちは船の中で夕餉《ゆうげ》の支度中らしく、姿は見えない。

砂浜の、波打ち際《ぎわ》あたりで、数人の幼い子供たちがうずくまって、貝を拾っているばかりだ。

(……？)

ふと。

そのうちの一人を、弥次郎は見つめた。

歳《とし》のころは十になるか、ならぬか。他の子らに較《くら》べれば年かさである。といって、かれらを率いて遊びに興じているわけではない。

粗末な、穴だらけの衣を肩からかけて、帯はどこかで失《な》くしたのか、見当たらない。石で貝を割って遊んでいる——と初めは映ったが、そうではなかった。

波の届かぬあたりに独り離れてうずくまり、小さな手に摑んだ小石を、両足でしっかりと押さえたもうひとつの丸い石に、燧石《ひうちいし》よろしく、ひたすらぶつけ続けているのだ。

そして、石を摑んだその右手には、指が六本あった。

（ふん……さしずめ、渡り者の子か。見せ物にして稼ぐ寸法だな。さして驚くほどでもないわい）

珍しくはあったが、弥次郎はこれまで南蛮の海で、あるいは明国の貧しい巷で、はるかに珍妙な姿かたちをした者を見かけたことがある。

「おい」

と、その子供に声をかけたとたん——弥次郎は、どうしたわけか、ひどい寒気をおぼえた。

子供の、指の数のせいではない。

それとはまったく異なる、これまで感じたことのない何かだった。

まるで己が、ひどく間違った失敗をしでかしているような……触れてはならぬ何かに触れたような……大きな罪を知らぬうちに犯してしまったかのような。

しかし、ひとたび動き出した舌は止まらなかった。

「おい、名は。おまえ、名はなんという」

「きち」

夕暮れの波音に半ばかき消されんほどに、力のない声だった。

「そんな石では、火は灯《つ》かんぞ」

「そうなのか」

「そうだ。親父どのに習わなんだか」

「おらん」

「なんだと？」

「父《とと》、おらん」

「では母は」

「それもおらん」

「なるほど、死に別れたか」

「はなから、おらん」

「おらんわけがあるまい」

いつのまにか、弥次郎は腰をかがめ、そのおかしな子供と額が触れんばかりに近づいていた。

「母者から産まれ落ちなんだ奴《やつ》なぞ、それこそ唐天竺にも居らんわ。もしもそうなら、おまえはとんでもない嘘《うそ》つきか、さもなければ人外の化生《もののけ》か」

「もののけと、ちがう」

「では嘘つきだな」

「ちがう」

「ならば何だ、おまえは」

「――きち」子供は、くりかえす。「かしらが、そう決めたから」

「かしら？」

「かしら、じゃ」

指さした先は、ずらりと並んだ家船の中でもひときわ古びた……夜風に当たっただけで真ん中から二つに折れて沈んでしまいそうな、くすんだ灰色の船。

「拾われ子か」

「しらん」

「だろうな」

（そうか――待てよ）

「よし。きち、とか申したな」弥次郎は、懐をさぐった。「おまえに、おれの燧石《ひうちいし》をくれてやろう」

「ひうち?」

「それも知らんのか」弥次郎は、あきれた。「これでもって、こう打てば火花が散る。それを上手《うま》く掬《すく》って火をおこす。――おまえ、先ほどから石を打っておったではないか」

「しらん」と六本指の子供。「かしらのつれてきた女が、こんなふうに、あれやこれや燃やしておった。面白うて見てたら、去《い》ね、いわれて石なげられた。だから、ここでその石で、燃やそうとしてた」

「燃やす……なにを?」

「なんでも」

「たとえば」

「かしらの船。かしらの女。湊も。この海も」

弥次郎は、しばらくのあいだ、応えなかった。

おかしな子供だ――海を燃やす、だと?　まったく、近ごろの餓鬼どもと来た日には、なにを言い出すやら。

「海は燃えんわい。むしろ火を消すのが海だ。水は火を消す、火は木を燃やす、木は土に生える」

「だれが決めた」

「昔から決まっとる」

「見たんか」

「なにを」

「決めたやつの、顔を見たんか」

「見るわけがあるか、阿呆《あほ》たれ。そもそも誰かが決めたわけではない。海も山も……」

　と言いかけて、弥次郎は、口ごもる。

(いや待てよ、たしかにキリシタンの教えではデウスさまが凡《すべ》てをお造りになられたことになっておったな——いやいや、こんな子供に南蛮宗を説いてもしかたがない)

「……とにかく、だ。決めた御方は遠くにおわして、お顔は見られん。そういうことになっておる」

「どうして」

「罰《ばち》が当たるからだ」

「当たってもいい」

「いいことがあるか。雷《いかずち》をくらって死んでしまうぞ。痛いぞ、苦しいぞ」

「かまわん」

「嘘をつけ。望んで苦しむ者がいるものか」

「どうして」

「人とはそういうものだ」

「だれが決めた」

これでは禅問答だわい、と弥次郎は頭を掻《か》いた。

「まあいい。とにかくだな、おまえにこの燧石をやる。そのかわり、ひとつ頼まれてくれい」

「なにを」

問われて、弥次郎は素早く考える。

(さて、ここが肝心だ……ありのまま話すわけにもいかんしな。さて、どうするか……よし)

「これは大切な秘密なのだ。だれにも漏らしてはいかんぞ。よいか。

明日の祭りのうちに、この湊へ、ある船が来る。これを脅かして……そうだな、ちょいとした騒ぎをおこすよう、島津の大殿さまが直々、おれに命じたのだ。

この船には、悪い海賊がおってな。騒ぎをおこし、その隙《すき》に、大殿が大事にしておる宝物を取り返すのだ。が、わし一人では手に余る、ゆえにおまえに手伝いをしてほしい
——わかるか?」

「宝か」

「そうだ、宝だ。うまくゆけば、おまえにも褒美《ほうび》が出るぞ」

「どんな」

「旨《うま》い飯でも、砂金をひとつまみでも……とにかく、なんでも望みのままだ。なにしろ島津の大殿さまだぞ。おまえたち家船の者にはもちろん、近在の海賊衆にとっても大元《おおもと》締《じめ》だ」

「それ燃やせるか」

「なに？」思わず、弥次郎は問い返した。

「ほうびをもろうたら、燃やしてもいいか」

どうやら波の音にまぎれて聞き違えたのではなかったらしい。

（いったい何なのだ、この餓鬼は）

「……まあ、そこはおまえの勝手にせい。燃やしたければ、いくらでも燃やせ」

「いくらでもか？」おかしな子供の声が、その一瞬だけ、波音よりも強く響いた。「そうか。いいのか」

「とにかくだ」

今度は、弥次郎のほうが声をひそめた。

「おまえの仲間で、船を操れる者を数人……そう、いっそ子供のほうがいいわい。おまえと同じ歳ごろのやつらを集めるのだ。それでな、明日の晩までに――」

しばらくのち。

夕闇の中を、猫背の男は足早に南へ去り、残された子供は、小さな燧石を手に座り込んだまま動かない。

と。

「——これ、これ。そこのおまえ」

きちは、顔をあげた。

いつのまに現れたのか……美しい、鳥のさえずりにも似た声で呼びかけながら、暗い砂浜を近づいてくる、見知らぬ女のすがたがあった。

六、

南からの大風が、夜の港市《まち》へ近づいていた。

中秋の名月は、ひと月前に過ぎている。

が、家船の民は月遅れで祭りをおこなうしきたりだった。

城主の島津一族とその郎党に遠慮をしているのだと語る者もあれば、すでに古びた暦に今もしがみついているにすぎぬと嘲《あざけ》る者もある。

いずれにせよ、季節の移り変わりとともに来ては去る家船の民の祭りにすぎない——

おもてむきは。

実のところ、ふた月つづけて祭りで賑《にぎ》わうことを厭《いと》う者は、この鹿児島の湊には、ひとりもいなかった。

なにしろ、布一枚で顔を覆《おお》えば身分も生国も一切不問。

踊りの輪に加われば、あとは遠国の酒を呑み交わし、いくつもの篝火《かがりび》を囲んで巡るのみ。

太鼓と銅鑼《どら》が響きわたり、青竹が弾け、大小の餅《もち》と肥えた豚の肉がふるまわれ、海の女たちは手を振り腰を振り……そして名前も由来も忘れられた遥か南の海の、あるいは凍れる北の海の神々を模した、極彩色の大きな仮面が、酔うた男女にあてがわれ、夜明けまで大いに浜辺を練り歩くことになる。

いつから続いているのか、いずこで始まったのか、もはや誰も憶《おぼ》えていないほどに古い古い――そんな月祭りの、愉しげな篝火をめざして。

帆柱もない小さな舟が二艘《そう》、夜の内海を、するすると横切っている。

「――あれが湊だ！　まもなくだ！」

波に揺れる小舟の舳先《へさき》で、少年が叫んだ。

宿無丸は上機嫌である。彼の背後には、母・アーイシャ、そしてまだ幼い妹が腰をおろし、艫《とも》では猫背の船頭が櫂《かい》を握る。いっぽう老賢人ムーサと剣士イブラヒームは、わずかな荷と共に、きち少年の漕《こ》ぐ二艘めに乗っていた。

「……ああ、これ、サフィーヤ。あまり舳先に近づいてはなりません」

アーイシャが、やさしい声で、娘に呼びかけた。

サフィーヤと呼ばれた幼女は、この晩にかぎって兄の首飾りを気に入ったらしく、彼の足元に座り、黄金色の円盤を小さな両の手でつかんで離そうとしなかった。

「宿無丸さま、母君のおっしゃるとおりですぞ」

と船頭が、櫂から片手を離して、さしのべる。

「妹さまが舟から落ちてはいけませぬ――こちらで、それを預かっておきましょう」

「いや、かまわぬ」

少年はあっさりと応えた。

「偉大なる造物主アッラーにかけて、なにかの吉兆にちがいない。これは我が妹に渡しておこう」

「さ、さようですか……しかし」

「それにしても、見事な眺めだ！　そうは思わぬか、ヤジロウとやら！」

「は、はあ」

背後の男……弥次郎の失望には思い至るはずもなく、少年は満天の星を見上げた。

強い西風に雲は散らされ、さえぎるものはない。東にそびえる御岳《おやま》のむこうから、満月がまさにのぼらんとする。それに負けぬ明るさで、銀の星々が北から南へ、天の大河となって空を横切っている。

無数のまたたきの中でひときわ目立つのは、南西にある銀色の輝きだ。北西よりに輝く二つの白い星とあわせて、それは巨大な三角形を成していた。

「アン＝ナスル！」

宿無丸の人さし指が、銀の星をとらえた。

「あれはアン＝ナスル・アッターイル……天に舞いあがらんとする鷲《わし》の瞳《ひとみ》！　うむ、そうだ。これもまた吉兆にちがいない……そうでしょう、母上？　いよいよ我らは、サツマの王・シマヅの力を借りて、あの十字架の戦士どもを追い払うのですから。そうですよね、きっとそうですよね？　すばらしい！　すばらしい船出だ！」

（あんなするだと？　ちがう……あれは牽牛星《けんぎゅうせい》だ。七夕の星だ）

弥次郎は櫂に力を込めつつ、ふと、目を伏せた。とりとめのない想《おも》いがよぎっては消える。

（だが、星の名は異なるのだ。……明国人は河鼓《ホーグー》と呼ぶ。マラッカの女たちは「果実の星」と呼んでいた。キリシタンの船乗りたちにはアルタイルだ。そして、この小僧たちはまた別の名をつける。

なにもかもが異なるのだ。国によって。海によって。見る者の心によって。おれは、それを知っている。

おれは南蛮に渡り、多くのものごとを見た。醜いもの、美しいものを。不思議な獣や鳥を……奇怪なかたちをした船の群れを……おかしな味わいの果実と酒を。

そして大勢の者たちを見た。異国の男たち、女たち。刺青《いれずみ》と刺繡《ししゅう》。貴人の贅《ぜい》を尽くした装《よそお》い、遊芸者たちの滑稽《こっけい》なふるまい、市でたわむれる幼子たちの愚かなおこない……

「愚かな」か！　今のおれには、なんとふさわしい言葉だ！）

弥次郎は、己がこの期《ご》に及んで迷っていることに気づき、狼狽《ろうばい》した。

（しかし、手はずはもう定《き》まっているのだ。おれがそう決めたのだ。いや、ほんとうに定めたのは、おれではないのかもしれぬ。

そもそも、本来であれば又四郎さまに命ぜられた助三がこの舟を支度し、この者たちを運ぶはずだったのだ。

そして浜辺にこの小舟が近づき……居並ぶ家船の脇《わき》にさしかかった時、きちの遊び仲間の餓鬼どもが襲いかかる。おれは、そこにたまたま通りかかり、それを追い散らすふりをして舟を大きく揺らし、あの宿無丸を海に落とし、そしてメダリオンを――。

それがどうだ。助三は人捜しで忙しくなったとかで、このおれが船頭役を押しつけられているとは。助三のやつめ！　まぬけな助三のやつめ！　一族の頭領を継ぐにしては、このおれの心底を見抜けなんだとは！　たいした木《で》偶《く》の坊だ！

……それとも、これこそがデウス如来の御《み》業《わざ》なのか？　助三もまたデウスによって動かされただけなのか？

では、おれはどうだ？　このおれも、ザビエルさまの常々おっしゃるとおり……デウスによって動かされているのか？　では、おれもまた木偶なのか？　ひとつかみの泥から造られた傀儡《くぐつ》なのか？——）

彼は、こうべを振った。星を見上げることもなく。

（止《よ》せ、よせ！　今は策のことのみを考えろ。

事はうまく運んでいるのだ。おれの策にとっては、この舟こそ好都合。どこで宿無丸を突き落としてもよい……そのために、あの厄介な剣の遣い手をあちらの舟に分けて乗せたのだから……そうとも、きっとうまくいく。いくに決まっている。

待てよ。となれば、あの幼いサフィーヤも、この見《み》目《め》麗《うるわ》しきアーイシャも突き落とさねばならんのか。なんということだ。非《ひ》道《ど》い男だ、おれは。

そこまでの非道を、いくらザビエルさまのためとはいえ……デウス如来のためとはいえ……うむ、そうだ。いっそ娘のほうだけでも救うか。御仏の慈悲というやつだ。よし。

……それに、そうすればきっと大殿も、おれのことを褒めてくれるだろう。——

違う、ちがう！　そうではないのだ！　これはザビエルさまに頼まれて、やっていることだ！

おれはもう裏切者なのだ。この国を、この国を代々治める由緒《ゆいしょ》正しき血筋の方を、おれは裏切ってしまったのだ。

……いや。そうだろうか？

まだ裏切ってはおらんぞ。おれはまだ、大殿に命じられて、このメダリオンを取り返そうとしている……いやいや、それも違った。それはきちのやつを騙《だま》すためについた嘘ではないか。

では、こういうのはどうだ。おれは大殿の御為《おため》を思って、大殿の御心を推し量り過ぎて、独り合点して、メダリオンを手に入れて大殿に献上しようとしているのだ。よし、これなら辻褄《つじつま》も合うぞ。

しかし本当にそうか？

わからぬ、おれにはもうわからぬ。どうすればよいのだ。誰を裏切ればよいのだ。

……裏切った者をデウスは救うてくださるだろうか？　しかし、それならば、なぜ弟子であったゆだは裏切者として死なねばならなかったのだ？

おれは裏切者なのか？　おれはもう裏切ってしまったのか？　それとも、おれはいつか救われるのか？……おれは何者なのだろう？　何者でありたいのだろう？——）

その短い、ひと時。

美しい星ぼしのもとで小舟をあやつる猫背の男は、薩摩の国どころか、日ノ本じゅうでもっとも惨《みじ》めな、そして孤独な存在だった。

そんな、弥次郎の想いなど知る由《よし》もなく。

少年は感きわまったように、星々へむけて右の拳《こぶし》を突き上げた。

「天翔る鷲《アン＝ナスル・アッターイル》！」

「そうだ。この夜を祝うべく、今ここで自分に新たな名をつけ加えよう……スレイマン・アン＝ナスルと名乗ることにしよう！

そして、この名に誓おう――我が父がそうしたように遥《はる》かな外海を大いに渡り、父の遺志を継いで〈三つの宝〉の謎《なぞ》を解き明かすことを！」

（宝！）

とたんに弥次郎は、われにかえった。

（ザビエルさまが話しておった、「東方に眠る〈三つの宝〉の謎」か！……してみると、この小僧も宝の正体を知っているわけではないのだな。ザビエルさまも詳しくは教えてくれなんだが……あの方の、メダリオンへの執着ぶりから察するに、あれに秘密とやらが隠されていることになる……しかし、どのように？）

「宿無丸」

アーイシャが低い声で言った。

「みだりに誓いをたてるものではありませぬ。未来を見通せるのは、ただアッラー御一人のみ。わたしたち定命《じょうみょう》の者は、ひたすらにすべてを委《ゆだ》ねるばかりです」

「しかし母上！」少年は向き直り、両手を広げる。「この国の王がついに味方になってくれると決したからこそ、我らはこうして島を離れることになったのでしょう？」

「それもまたアッラーの御心次第」

「ですが……」

と。

もう一艘の舟をあやつっていたきちが、鼻をひくつかせるや、何ごとかを叫んだ。

ふりむいた弥次郎が問いかけるよりも早く、彼らの頭上を、なにかがよぎった。

(流れ星？……いや、ちがうぞ、あれは)

「火矢！」

叫んだのは、きちであったか、弥次郎であったか、それとも宿無丸の母親であったのか。

飛来した数本の火種は、それぞれの舟の、中ほどに命中した。

とたんに、二艘の小舟の縁へ、舳先へ、艫へ——あらゆるところへむかって火が走った。あっというまに、すべてが燃えあがっていた。

「……スレイマンさま！　アーイシャさま！」

大音声を発した老賢人の姿もまた、さらに降り注ぐ二の矢、三の矢に呑み込まれる。

「何者だ！」

「水を――水を！」

少年とその母の叫びが交錯した。弥次郎は、とりおとしかけた櫂を必死で摑み直した。

（どこから射ているのだ……浜辺からか？　いや、違う！　小舟が……あれは……丸木舟が！）

弥次郎は見た。

それは一瞬のできごとだった。浜辺の、真正面の灯りと喧噪《けんそう》からは距離をおいて、北のほうから五、六艘の丸木舟が音もなく近づいてくるのを。そして、それらに乗り組んでいるのが、弓をかまえ、白い布で顔を半ば隠した足軽どもであることを。

「火が！」

誰もが口々に叫んでいた。

火は、あらゆるものに広がっていた。二艘の舟に、かれらの衣の裾《すそ》に、数少ない荷に。

だがそれにとどまらず、波の面さえもが炎に包まれ始めていた！

そして弥次郎は、たしかに見たのだ。

宿無丸が母親を護《まも》ろうと手を伸ばす。彼の妹の手から首飾りがこぼれ落ちる。炎が黒い煙をあげる。足軽どもが燃える小舟に跳びうつる。首飾りが炎に炙《あぶ》られ――ぐらりと舟が揺れ――呆然《ぼうぜん》としていたサフィーヤの胸元に、熱せられた黄金の首飾りが転がり込む。

そのとたん。

肌の焼ける臭《にお》いと、幼女のすさまじい悲鳴と……そして足軽どもの、男にしてはひどく、甲高い叫び声が、夜の波間に重なった！

◆

いっぽう、その四半時ほど前――湊《みなと》を見おろす島津の屋敷では。

「……又七郎さま！ 又七郎さま！」

「又七郎さまが見当たりませぬ！」

「松明《たいまつ》を！ 松明をこちらへ！」

城主・貴久の幼い末息子の姿が見えなくなったと、にわかに奥が騒がしくなっていた。

屋敷に仕える郎党はもちろん、助三をはじめとする助の一族も、大半が駆り出され、おかげで湊で宿無丸たちと合流するという又六郎の算段はすっかり狂っていた。

それどころか、

「又六郎どの！　なにをしておいでです、そのようなところで。お手を貸してくださりませ」

廊下で彼自身もつかまってしまった。

声をかけたのは貴久の後妻……すなわち又六郎たちにとっては義母にあたる。

「は、しかし私は湊へ行かねばならぬので――」

「このような時に、家船《えぶね》の祭りに行きたがるとは！」

義母の声がひときわ強くなる。目鼻立ちのはっきりとした、いかにも城主の妻という外見であるが、今、かすかにその声が震えているのに、少年は気づいていた。

「ああ、なんと哀《かな》しや……又七郎の身を、すこしでも案じてくれようとはなさいませぬのか」

「いえ義母上《ははうえ》、決してそのような」

「ああ、哀しや、なげかわしや！……」

とりつく島もない。

兄の又四郎が通りかかって、

「義母上、ご心配なく。われらで必ず又七郎を見つけてさしあげます。さあ、なにをぼやぼやしておる、ゆくぞ又六郎《ろく》！」

と、少年の襟首をつかんで走り出さなかったら、おそらく明け方までそこで彼女の小言を聞かされていただろう。

「四郎兄《しろにい》、私は湊へ――」

「わかっておる、わかっておる」

廊下から庭へ走り出つつ、小声で又四郎は言う。

「わかっておるが、それを莫迦《ばか》正直に義母上に告げるやつがあるか。又七郎のやつを探しているふりをして、そっと抜け出せ。いつもなら、そのくらいの策はお手の物だろうに……おまえらしくない」

「しかし」

「それに」兄は、弟の耳に、ふと顔を寄せて、「実を言うとな、まだ父上の許しをえておらんのだ。だからどのみち、こっそり城を出ねばならん」

「……なんですって⁉」

「阿呆、大声を出すな」又四郎の大きな手が、少年の口をふさぐ。

「しっ……しかし！……たしかに父上と談判したと、今朝おっしゃっていたではないですか！」

「談判はしたぞ」

「……‼」

「したが、まあなんだ、いろいろあってな。ともかく、いったん御岳から移してしまえばこちらのものだ。いったん宿無丸たちをどこぞに預けて……そうだな、福昌寺《ふくしょうじ》にでも頼み込むか……しばらくしてから、父上の御機嫌のよい時にでも」

「御機嫌？　父上の？　すぐにまた戦場《いくさば》に出馬なされてしまいますよ。父上の上機嫌な顔は、そこでしか拝めませぬ」

「かも知れんが、それならそれで好都合だ。父上が留守のあいだに城に連れ込めばよい」

「……どうせ談判の件も、四郎兄のほうが先に腹を立てて座を蹴《け》ったに相違ありますまい」

と、ひどく冷たい口調で言い放つが早いか又六郎少年は厩《うまや》にむかって駆け出していた。

月明かりの夜道を、若い二騎が競うように駆け……港をまぢかに見おろせるあたりまで辿り着いた、その時。

又六郎は異変に気づいて、手綱をはげしく引いた。

（あれは――!?）

「火だ！」

先に叫んだのは又四郎だった。

「家船が……いや、北の浜辺がまるごと燃えておるぞ！」

七、

又四郎のいうとおりだった。

鹿児島の港市……その北にひろがる広い浜辺の、夜を徹して祭りがおこなわれているべき一帯が、ことごとく炎につつまれている。が、それだけではない。

(海が……海が燃えている！)

「これは――」

(何ごとだ、これは……われらは韃靼《だったん》の妖術《ようじゅつ》に、そろって騙されているのか？)

そうではなかった。

たしかに、かれらの目の前で、浜辺に打ち寄せる波の面は、あやしく揺らめく炎に覆われているのだ。

家船の民も、港市に住む漁師たちも、必死に鎮火を試みているが、水をかけても砂をかけても、いっこうに火勢のおさまる気配がない。

「これは……これは一体」

二人は、炎に怯《おび》えて動こうとしない馬を下り、手近な樹《き》の幹に手綱を結んでから、右往左往する者たちのもとへ近づいた。

黒々とした煙を吐きながら、炎はおさまる気配すらなかった。——湊の民の、半数は必死に火を消さんと働き、残る半数は呆然として、この妖《あや》しい炎を眺めていた。女たちは泣き叫び、あるいは幼子を抱えて座り込んでいた。

年かさの子どもたちの中には、この火もまた祭りの一部なのだとでも言いたげに、半ば笑い、半ば泣きながら、炎にむかって小枝を投げ込み、あるいは砂をかけては歓声をあげる者さえいた。

ふと、又四郎は、そのうちの一人に、どこか見覚えがあるような気がした。

（はて、どこであったか……）

若武者が記憶をさぐろうとしたその時、隣で又六郎が、はげしく咳《せ》き込み、砂浜に片《かた》膝《ひざ》をついた。

「如何《どう》した」

「煙が少々喉《のど》に……いえ、大事ありませぬ。それよりも」

と、少年は眼前を指さす。

「一刻も早く、この怪しき火を消さねば。城からも人手を呼びましょう。それに……おお、弥次郎！　弥次郎ではないか！」

又六郎は、走り回る漁師たちにぶつかってはよろけている、猫背の男に気づいた。

煙を避けながら、少年は咳き込みつつも素早く駆け寄り、

「これは何事だ！　船の手はずは如何した！　あいしゃ殿たちは⁉」

「は、これは、その――火が、あの足軽どもの火矢の炎が、いかなる手妻《てづま》か、いくら水をかけてもおさまらず、かえって盛んになるばかりで――波に燃え移ったかと思うと……」

「なんだと？」

「波が……波が燃えはじめたのでございます！」

弥次郎は、己が目《ま》の当たりにしたことを懸命に伝えようとして、しかし、ふさわしい言葉を探し当てることができなかった。

「助三に命じられたとおり、あの方がたを、湊へお連れしたのです……お連れしようとしたのです……ですが、おれは、おれは……あやつらが闇《やみ》の中から襲いかかり、あの幼いサフィーヤさまが、首飾りを、そうだ、首飾りが燃え上がったのです……火につつまれて、赤々と輝いて……ああ、なんという――あれこそはさたんのしわざにございます！　おれの弱い心に、おれが呼び寄せてしもうたのです！　きっとそうに違いございませぬ！……ああ、ああ！――」

弥次郎は、困惑する少年の脚にすがりついた。

（燃える水）

そういえば、越後《えちご》あたりでは燃える水やら土やらが地中より産すると、以前に大兄上《おおあにうえ》たちから聞いたような……などと又六郎が思い出しているあいだも、猫背の男の混乱した言葉は続いていた。

「——あの幼い娘が、サフィーヤが、火傷《やけど》をして、泣き声が、泣き声が……ああ、おれは一体なんということを……なんと非道な思いをいだいてしまったのか！　ですが、ですが、おれは救おうといたしました！　あわてて、あの熱く輝く首飾りを除《の》けようとして……そのとたん、あ、あの足軽どもめが乗り込んで来て……舟はもう湊のすぐ近くまで来ておりましたのに……あと少しで！」

「湊？　それで湊に火がまわったのか？　この火はいったい何なのだ？」

「火が、火が消えませぬ……あやつらの火矢から……いいえ、それのみならず、舟にあやしげな薬を、あらかじめ塗っておったに相違ありませぬ！——そうだ、そうに決まっている！　では、あの餓鬼がおれを売ったのか、あの六本指の餓鬼が！　裏切者、裏切者！……ああ、おれこそが裏切者だ！——若さま、おれはいったい如何したら」

「うろたえるな、弥次郎！」

「ああ、若さま、若さま——」

「落ち着けというに！　その足軽とやらは何者だ……まさか、白い布で顔を隠した、あの足軽なのか？」

と、その時。

「——アーイシャ！ アーイシャ！」

黒煙のむこうから、男の叫び声が響きわたった。

「あれは……日秀《じっしゅう》どの!?」

「四郎兄、いかがしましたか」

又六郎は兄を見上げた。

又四郎の視線の先——数十歩ほど離れたあたり、燃える波打ち際の片隅で、背の高い僧形の男がひとり、焼けただれた女性《にょしょう》を、両の腕で抱きかかえていた。

ゆっくりと、女性を砂におろし……そして、その前にうずくまって、顔を伏せたまま、動かない。

（あいしゃ、い、い、殿！）

その時、又六郎たち兄弟は悟った——宿無丸の妹の、まことの父親が誰であるのかを。

どちらも、言葉を発しなかった。

やがて。……

又六郎が、肝心のことに気づいた。足元にへたり込んだ弥次郎の肩をつかみ、

「宿無丸は!?」

「は、ははっ……宿無丸さまは足軽を追うて、あちらの岡へむかって……い、妹さまを救えと、母ぎみが——あ、あの方が、燃え上がる寸前に、『あの子を護りなさい』と……」

「なに？」

「サフィーヤさまを……足軽どもが、攫《さら》っていったのでございます！……いえ、その足軽どもも、実は足軽ではなく」

「なんのことだ？」

「若さま、あれは女でした！」

弥次郎の言葉が、唐突に、しっかりとしたものに変わった。

「あの足軽ども……胴丸を身につけ、顔を白い布で隠したあやつら……あれらは女だったのです！

この目で見ても未《いま》だに信じられませぬ。女どもが、弓矢をかまえ、奇声を発して……あの幼い娘をかかえるや、あれよというまに北の岡にむかって走り出しました。あやしい走り方でした。音もなく、砂も乱れませんでした。

そのすぐあとを、砂を蹴立てて、まだ熱いはずの首飾りを手にした宿無丸さまが、奴らを追って北へ……」

と。

それまで、顔を伏せていた日秀が、かっと目を見開き、青ざめた顔で又六郎たちを凝視した。

そして。

──狙《ねら》いは、首飾りのほうではなかったのか！

日秀の口から思わずこぼれた一言を、又六郎は聞き逃さなかった。

「御坊……いま、なんと仰《おお》せられた⁉」

僧形の男は、すっと立ち上がるや、又六郎たちにむかって素早く一礼をした。

「──この御方の弔いの儀、島津殿によろしくお頼み申す。拙者、火急の折なれば、これにて」

と短く言い残すや。

日秀は、常人とは思えぬほどの素早さで──すなわち、先ほど弥次郎が見た、あの足軽風に装った女たちとそっくりの足さばきで──闇の中へ走り去ったのである。

◆

同じころ。……

一隻《せき》の南蛮船が、ゆっくりと湊から離れようとしていた。

「船長、まだ見ているんですか。夜風は体によくないらしいですよ。四元素の平衡が崩れるんでしたっけ。……それに大嵐《おおあらし》が、南から近づいていますし」

「わかっているさ」

甲板で、燃え上がる家船の群れを遠く眺めながら、長身の船長——フェルナン・メンデス・ピントは、同郷人の副長にむかって低い声で応《こた》えた。

が、しかし。彼はふりむきもせず、また甲板から動こうともしなかった。

「船長?」

「ああ、もう少しだ。もう少しだけ、あの炎を見物してからな」

「それにしてもよく燃えますねえ、あれは。風聞《うわさ》どおりだ」

髭面《ひげづら》の若い副長は、眉《まゆ》のあたりに手をかざした。フェルナンよりも拳二つぶんほど背が低いが、それでもこの土地の者たちに較《くら》べれば、かなり大柄といえる。

「あれの正体がわかるのか、ジョアキン」

「おれも少しなら読み書きができますからね」ジョアキンと呼ばれた若者が応えた。

「餓鬼の頃は、じいさまの書庫に忍び込んで、よく兄貴たちと古い歴史書や戦記ものを盗み読みしては、ごっこ遊びをしたもんです。エル・シドの武勲……ガウェイン卿《きょう》と緑の騎士……ウィリアム王の上陸戦……ポワティエの戦い……そしてコンスタンティノープルの陥落」

「最後のやつが肝心だな」とフェルナン。「あの火が燃えるのは、その時以来だ。少なくともおれが知っているかぎりは」

「そうですね」

「そしておれたちユダヤ人という悪童は、いつだって、古《いにしえ》の戦《いくさ》を遊びにしてしまうんだ」

　フェルナンは小さくため息をついた。そして、

「……そういえば、おまえ、明国《みんこく》の文字も書けるんだったな。ひとつ、手紙をしたためてはくれんか」

「どなた宛《あて》に？」若い副長が、皮肉っぽく笑う。「まさかシマヅの王に謝罪の気持ちを伝えておきたい、とか？　この騒ぎは私のせいでした、もうしわけありません、以後二度とこのような御迷惑は……」

「さすがのおれも、そこまで底意地の悪い男じゃあないさ」

　フェルナンは、笑みを返した。

「それに、またここへ戻ってきた時に、別の迷惑をかけるかもしれんしな。そうじゃない――王直《ワン・ジー》のやつに、一報を入れておきたいだけだ。おれの仕込んだサイコロが転がり始めたことを」

「了解しました」副長が力強く頷《うなず》いた。「いよいよですか、船長」

「ああ。いよいよだ」

八、

又六郎は、どうしたわけか、咳が止まらぬまま三日ほど臥《ふ》せっていた。

宿無丸は、戻らなかった。老いた賢者ムーサと、剣士イブラヒームも。

三人とも、おそらくは岡のむこうで合流して、そのまま例の足軽どもを追っていったに違いない、というのが又四郎の見立てだった。

三日目の早朝。……

館《やかた》の裏庭にようやく出歩くことができるようになった又六郎は、背の高い若者が朝靄《あさもや》の中、まるで彼を待っていたかのように、池の小脇の岩に腰かけているのに気づいた。

長兄の又三郎だった。

「朝が早いな、又六郎。いや、もう歳久《としひさ》だったな」

「大兄上……」

「まあ坐《すわ》れ」

「はい」

並んで腰かけた二人は、しばらくのあいだ一言も発しなかった。

語るべきことは多かったが、兄と弟は、語らぬことを択《えら》んだ。

北の浜辺の大火のことも。

その火に焼かれた、美しい女性《にょしょう》のことも。

——四半時ほど過ぎたか。

ふと、又三郎が、懐《ふところ》から数葉の和紙を取り出してみせた。

「これは？」

「宿無丸の首飾り——の、中身だ」

「え？」

しばらくのあいだ、又六郎は、手渡された和紙の束を黙って見つめていた。

「あの晩、芋と引き換えに、これをわしが懐に入れて……おぼえておろう？……翌朝であったか、おぬしに渡して、それをおぬしが御岳へ持っていき、宿無丸に返した。爾来《じらい》、おぬしらはたいそう仲良うなっておった」

「はい」少年は応える。「信義を知る者だと、宿無丸は言うてくれました」

「うむ。信義か。そうだな」

そう言ってから、又三郎は恥ずかしそうに己の顎《あご》を撫《な》でた。

「たしかに、おぬしは信義を守ったと言えよう……となれば裏切ったのは、わしのほうやも知れん。ははは」

「大兄上、つまりこれは――」

「ちょいと盗み見をしたのさ。あの首飾りを、ひと晩預かって、矯《た》めつ眇《すが》めつ……こう、寝転がって、いじくっておるうちにな……開ける手順に気がついた」

又六郎は、息をのんだ。

開ける？

あの薄い、円《まる》い首飾りを？

「あ、開けるとは一体どのように」

「なに、容易《たやす》いことだ。首飾りの表側が、ぱっくりと、二枚貝のように開く仕掛けになっていたのだ。鎖でつながれたところに小さな発条《ばね》が仕込んであってな……ほれ、種子《たね》島《しま》銃の引鉄《ひきがね》と同じ理屈だ」

「あ……」

少年は、うつむいたまま、しばらく動かなかった。

沈黙が続いた。

ひゅるり――と、どこからともなく鳶《とんび》の鳴き声がこだました。

「如何《どう》した、歳久」

「いえ」ようやく返事をする。「私も気づくべきだった、と反省しておりました」

「ははは。反省か」

若武者は、細い目をいっそう細めて、爽《さわ》やかに笑い声をあげる。

「いやはや、そう来るとは……わしもまだまだ人を見る目がないのう」

「大兄上？」

「まあ、よいさ。ともかく、その図面を見るがよい——ひと晩で描いたにしては悪くない出来だと思うが。おぬしならこれをどう読む、歳久？」

少年は、あらためて一枚目を仔細《しさい》に眺めた。

大きな紙一面に円い輪……すなわち、あの首飾りの輪郭がある。

その中に、さらに幾つかの輪が、互い違いに、あるいは中心を揃《そろ》えたまま奇麗に並んでいる。

よくよく見れば、その大きな輪の陰から、さらに小さな輪の群れが——まるでこちらに見つかるまいと半ば隠れつつ、半ば身を乗り出して、こちらを窺《うかが》っているような格好で——描かれている。

いずれの輪も、表にはあちこちに小さな刻み目や飾りがあり、縁には細かい歯が刻まれている。一つの輪が回転を始めれば、つられて他の輪も右に左にまわり始め、刻み目同士が近づいては離れ、離れては近づき、さまざまな紋様を生み出すだろう……というところまで、又六郎は推し量った。

が、それ以上は見当がつかない。

後世の人間であれば、この入り組んだ機構《からくり》が何であるか、何と呼ばれるべきか、すぐさまに了解できたことだろう――無数の歯車から成る精密機械の内部構造に違いあるまい、ということが。

しかしこれが何のための機構なのか――紋様の意図するところは何であるのか――までは、相当に博学の者でも読み解けなかったであろうし、もちろんこの時の又六郎もそれは同じだった。

と。……

眺めているうちに、

「あっ」

又六郎は、思わず声を漏らしていた。

兄が描いた図の、ひときわ大きな輪のほぼ真下に置かれた小さな輪に、飾り模様に隠れて、見馴《みな》れた文字が記されていたのである。

たった二文字、

――三宝《さんぽう》

と、そこにはあった。

「この真名《まな》は……？」

「うむ」

絵図にある唯一《ゆいいつ》の漢字を指さす少年に、若武者は応えた。

「わしにも判《わか》らなんだのだが……ともかく、この絡繰《からく》り仕掛けの、そこのところにだけ、文字が彫り込まれておったのでな。

わしが推し量るに、この絡繰りを造らせたのは、おぬしがあいいしゃ殿から聞いたとおり、はるか南蛮の彼方《かなた》より渡って来たという宿無丸の父御《ててご》であろう。

だがしかし――造った職人は、マラッカあたりに住んでおる明国人だった……のではないのかな。

実をいえば、他にも細かい文字らしき浮き彫りはあったのだ。首飾りの表と裏に施されていたのと、同じようなものがな。そちらは、ほれ、他の紙に、できるかぎり精密に写し取ってはあるが――」

「これはいすらあむの文字です。少なくとも、表の浮き彫りは」素早く和紙をめくりながら、又六郎は応える。「これも……他のものも、すべてそうですね。間違いありませぬ。ムーサ殿から教わりました。このくらいであれば、私にも読めます。ただし、音は解《わか》りますが意味は存じませせぬ」

「うむ。そうか」

「ですが、この〈三宝〉……これは……仏教であれば、仏法僧をあらわす言葉ですが」

「職人が信心深かっただけかもしれん」

「いえ」

少年は首をふる。眉を寄せ、いつのまにか、眉間《みけん》に深いしわがあらわれたその様は、ひどく大人びていた。

「このようなところに、わざわざ手間をかけて浮き彫りにしたからには、もっと深い思惑があったはずです」

「ふうむ。そう言われれば、そのような気もするな」

「三宝……三宝……」

少年は繰り返した。

「孟子《もうし》によれば、諸侯がなにより尊ぶべきもの、すなわち土地と民と政事《まつりごと》となりますが……しかし、なぜこんなところに。

道教ならば、耳・目・口をあらわすことも――あるいはまた慈悲・質素・隠遁《いんとん》を……いや、それもまた違うか……では一体」

先ほどよりも長い沈黙の、その後に。

突然、少年の顔が青ざめた。

そして、まさに発条《ばね》仕掛けのように、彼は立ち上がったのだ。

「三つの宝……キリストの戦士たちを追い払う三つの宝……三宝……明国！ もしや——三宝太監《さんぽうたいかん》⁉」

◆◆◆◆◆

鄭和《ていわ》（一三七一～一四三四？）——

明朝初期の宦官《かんがん》、武将。昆陽出身。本姓は馬であり、永楽帝・洪熙《こうき》帝《てい》・宣徳帝の三代にわたって活躍したムスリム（イスラーム教徒）として有名。一四〇五年より七度の大航海を敢行、一大船団を率いて東南アジア、インド、スリランカ、ペルシャ、アラビア半島等を歴訪し、遠くはアフリカ大陸東岸にまで達した。

初名は三保で、太監の地位まで登りつめたことから三宝太監として知られ（……）


技術体系、中世および近世における——

（……）中世と呼ばれることになるこの長い時代は、けっして「暗黒時代」ではなかったことが近年の研究によって明らかにされつつあるが、それでも幾つかの技術体系は明確に衰退もしくは喪失する運命をたどった。（……）有名な『ギリシアの火』——おそらくはある種の焼夷《しょうい》兵器であったと思われる――は、遅くともコンスタンティノープル攻略戦（一四五三年）までは実際に使用されていたが、その製造法は完全に失われた。同じく『アンティキティラ島の機械』として知られる古代世界の天体運行計算機もまた、二十世紀に発見された際にはその驚異的な精密さ故《ゆえ》に、古代の遺物であることを大半の者が信じなかったほどである。

あらゆる技術は、その他のさまざまな文明の精華――たとえば詩歌、絵画、音楽、数学、理性、寛容さ――と同じく、けっして直線的に発展するものではなく、いったん失われたのちに再び取り戻されることもまた稀《まれ》ではない。（……）

――『The Encyclopedia of "Great Eurasian Age of War"』（3rd Edition）より抜粋

第三章　幻の艦《ふね》

天文十九年
西暦(ユリウス暦)一五五〇年
明暦・嘉靖二十九年
ユダヤ暦五三一〇〜五三一一年
イスラーム暦九五六〜九五七年

一、

「三宝《さんぽう》については、年が明けたら改めて話す——いや、大殿からお話があろう」

父である貴久《たかひさ》の、その一言で、又六郎たちは三月《みつき》ほど待たされることになった。

風は北から、冷たく吹き寄せた。海は青黒く濁って荒れた。伊勢《いせ》と安房《あわ》からたどり着いた船の群れが、内海でひととき疲れを癒《いや》した。

来るものがあれば、去るものもあった。家船《えぶね》は、あの大火を境に一艘《そう》残らず消えてしまった。あのザビエルも、まるで何かを追いかけるように博多へむけて旅立ち、弥次郎《やじろう》の姿もいつのまにか見かけなくなった。

（あの一件にかかわるものが、ことごとく、私たちの前から去ってゆく）

そんなことさえ又六郎は想《おも》った。

短い戦《いくさ》休みが、薩摩《さつま》とその隣国を覆《おお》った。

例年どおりの参賀の儀がとりおこなわれ、一族郎党が城に集って杯が酌《く》み交わされたのち、当主の貴久は、上座に置かれた明国《みんこく》風の椅子《いす》に腰をおろし、隣の日新斎《じっしんさい》に目くばせをしてから、ゆっくりと、

――本年のうちに、湊《みなと》のそばへ居城を遷《うつ》す。

と告げて、ますますの忠勤に励むよう一同に申し渡した。

この一言は即座に広まった。城下へ、近在の郷《むら》中へ、さらに陸海の路《みち》を経て薩摩・大《おお》隅《すみ》・日向《ひゅうが》の三州はもちろん、九州全土へと。

鹿児島の湊に臨む新たな城。

しかも平城《ひらじろ》だという。

すなわち日新斎から貴久へ、そして次代の又三郎義久《よしひさ》へとつらなる血統が、三州守護としていよいよこの地に居を定めるのだと……その器量に異存ある者は海からだろうと山からだろうと攻め来たるべしと、宣するに等しかった。

有力な分家が異を唱え、ふたたび戦となるのか。それとも、いよいよ島津一族はここを拠点に、大友や龍造寺の待ち構える北へと攻め込むのか。

宿老といわず、下人といわず、男どもは猛《たけ》り、女たちは肚《はら》をくくった。

──今年はえらい年になったわい！

──守るのか？　攻めるのか？

──御屋形《おやかた》様のほうから攻めるに決まっとる。長い戦になるぞ。

──なあに、敵の大将首を獲《と》ればいいだけのこと。これでおれも立派な武者《もののふ》じゃ！

──商いの機だ……買い占めろ、買い占めろ！　硝石《しょうせき》と、薬と、それから革だ！

そんな、城下のざわめきを肌で感じながら──島津の若き兄弟たちは、その下に静かに横たわるものが目覚めて蠢《うごめ》きだしたことを、直感していた。


正月の祝宴やら菩提寺《ぼだいじ》への参詣《さんけい》やらが一段落した、寒風の吹き下ろす朝。

日新斎の居室へ参じた三人の若武者は、そのまま屋形の裏から、山道をのぼることとなった。

「ついて来るがよい」

岩肌に挟まれた、曲がりくねった細道を、這《は》うようにして登り、高く低く飛ぶ鳶《とんび》の鳴き声を聞きながらたどりついたのは、裏山の頂きにほど近い岩壁の前である。

その、人の背丈の数倍はありそうな巨大な一枚岩の片隅に、小さな裂け目があった。

日新斎は、いつのまにか手にしていた松明《たいまつ》に火を点《つ》けると、腰を屈《かが》め、軒下にもぐり込む子どものように身軽な動きで、その裂け目の中へと入っていった。

「これは……」あっけにとられた又六郎は、兄たちのほうをふりかえっていた。「ご存知でしたか」

　又三郎は黙って首を振る。

「おれも初めて見る」又四郎が、あたりを見回して、「幼い時分から、戦ごっこで、さんざん駆けずり回ったつもりだったが」

　三人は顔を見合わせ――すぐさま、祖父の後を追って、闇《やみ》の中へと歩を進めた。

　裂け目の先は、すぐに下り坂になった。

　松明の明かりは、ゆらゆらと揺らめきながら、左右の湿った岩を薄紅色に染めつつ小さくなってゆく。

「ぼやぼやしておると見失うてしまうぞ」

「そう思われるのでしたら、さっさと下りてください。四郎《しろ》兄《にい》」

　闇の中で、少年は兄の背をつつく。

「阿呆《あほう》、この急な石段で……おっと！……石段どころか、ただの下り坂だぞ、これは。あわてて転げ落ちたら、大殿もろともお陀仏《だぶつ》だわい。それから又六《ろく》郎、おれのことは中《なかの》兄上《あにうえ》と呼べ」

「まだそのことに拘《こだわ》っておいでですか」

「拘っておるとも。三州が統一されるまで拘り続けるぞ、おれは」

などと無駄口を叩《たた》きながら。……

三人の若者は、しっかりとした足取りで、長い長い下り道を辿《たど》っていった。

半刻《はんとき》ほど、岩だらけの昏《くら》い坂道を下ったろうか。

かれらの眼前に突如として広々とした洞《ほこら》があらわれた。

地の底に生じた、巨大な亀裂《きれつ》――奥行きも、岩天井までの高さも、三十丈はあろう。

(かつて東大寺《とうだいじ》にあったという伽藍《がらん》も、これほど見事なものだったろうか?)

少年が夢想した、その時。

「早ようせい、三人とも!」

野太い声が響き渡った。

「……父上?」

洞窟《どうくつ》の奥、透きとおった水が音もなく流れてゆく白い岸辺のあたりで、貴久と、大きな松明をかざした助三《すけざ》が待っていた。

助三の背には幼い子供がひとり、しがみついているのが見える。

「あにうえがた!」

朗らかな声と共に、幼子――末弟の又七郎が、助三の背から飛び降り、かれらのほうへ駆け寄ってきた。

ふと、わけもなく、又六郎は義母のふるえる声を思い出した。

「これ又七郎、おとなしゅうしておれ。――四人とも、こちらの壁へ寄るがよい」

日新斎の声だった。

助三に運ばせたのだろう、つね日ごろ謁見《えつけん》の際に用いる唐《もろこし》風の椅子に、祖父は坐《すわ》っていた。

その背後の、灰色の岩壁の手前には、ほんのわずかに傾《かし》ぎつつ、ほとんど天井にまで届きそうなほどの、太い石柱があった。

「これは……見事な鍾乳石《つららいし》ですね」

又六郎は冷たい地下水を避けながら、手を伸ばして、柱に触れたが。

やがて、その指先が、小刻みに震え始めた。

（これは）

「……お祖父《じい》さま……いえ、大殿。これは――こ、これは石ではあ、ありませぬ」

「では何だ」と日新斎。

「樹木――いいえ、材木です！　人の手が加えられたものです！　一枚板の表面に、長い歳月のあいだに鍾乳が覆い被《かぶ》さり、このように……大殿、御屋形様！　これは舵ではありませぬか！」

「そのとおりだ」

日新斎の応《こた》えが、大地の底に反響した。

「明国の永楽三年。すなわち応永乙酉《おうえいいつゆう》の年に、この舵《かじ》を備えた巨大な艦《ふね》が、蘇州《そしゅう》より出立した」

「応永……」

「今日《こんにち》より遡《さかのぼ》ること、およそ百と五十年前だ。それを指揮したのが、かの三宝太監《さんぽうたいかん》、すなわち明国の武将・鄭和《ていわ》。

その鄭和は、回教の徒――そう、おまえたちがイスラアムと呼んでおった、あの者たちと同じ宗派に帰依《きえ》しておったという。

わかるかな、おまえたち。

かつて、これほどまでに巨《おお》きな艦がこの海原をわたったことがあったのだ。

幅は十八丈、舳先《へさき》から艫《とも》までが四十四丈。一隻《せき》ごとに、小は三百人、大は一千人が乗り組んだ。最大のものは宝船《ほうせん》と呼ばれた。その他に糧食を積む粮船《りょうせん》、兵を運ぶ兵船、水を貯《た》めた水船……それらがあわせて六十余隻、総勢二万八千名が海を越えた。西征すること七たび、朝貢に及んだ国は百余国。南蛮はおろか遥《はる》か天竺《てんじく》のそのまた先、麒麟《きりん》の住まう楽土まで渉《わた》ること三百日。……」

途方もない数を、老人は淀《よど》みなく口にした。

言葉は殷々《いんいん》として洞窟を満たし、冷たい水の流れを撫《な》で、居並ぶ男たちの身を包んだ。

（そのような――それほどまでに途方もなく巨大な……）

「まことなのですか」

そんな一言が、思わず、少年の口から漏れていた。

「三宝太監の西洋下りとやらは、古い冊子で見かけたことがありましたが……てっきり御伽草子《おとぎぞうし》の類《たぐ》いかと」

「さて。如何《どう》であろうな」

日新斎は言った。

松明に照らされたその口元が、悪戯《いたずら》を咎《とが》められた幼児のごとく、すぼまっていることに、少年は気づいた。

「なにしろ白髪三千丈《はくはつさんぜんじょう》と宣《のたま》うのが唐土《もろこし》の慣わしだ。風聞《うわさ》が広まるうちに少々はふくらんだやもしれぬ」

だが、しかし――と祖父は続けた。

「この舵は、たしかにここにある。これは夢でもまぼろしでもない。韃靼《だったん》の妖《あや》しげな手妻《てづま》でもない」

この巨大な舵、巨大な艦。

これを造る術《すべ》どころか、その名すら今や忘れ去られておる。永楽の帝《みかど》は世を去り、政変がおこり、宦官《かんがん》たちは宝船を焼き、鄭和《どう》の記した文は散逸したという。なにもかもが失われたのだ……なにもかもが。——如何だ、義久」

「はあ」あらたまって名を呼ばれた若者は、頭を掻《か》いた。

「義久よ。今から、この舵が馴染《なじ》むほど巨きな艦を造れと命ぜられたら、おぬしにできるか」

「できませぬな」

あっさりと、義久は答える。

「木を伐《き》り出すくらいは、なんとかなりましょう。城下では足らずとも、屋久島《やくしま》まで舟を送らば、まだまだ大樹が残っておりまするゆえ。

板をこしらえ、削って揃《そろ》え、組み合わせて——艦らしき格好を整えるところまでも、無理に無理を重ねれば。

ですが、はてさて、それが果たして無事に浮かぶかどうか」

ふたりの弟たちは顔を見合わせた。

そこから先は、兄に言われるまでもなかった。

これほどまでに巨きな艦を、一箇所も水漏れすることなく仕上げる。となれば、わずかな歪《ゆが》みが命取りとなるだろう。明国風に高価な釘《くぎ》をあちこち用いたとしても、薩摩じゅうの手練《てだれ》の船大工を一人残らず雇わねばなるまい。日数《ひかず》を要するか、さもなくば費用が膨大となるか。

そもそも、これほどに巨大な舵を、いったい幾人がかりで動かせばよいのか。十人……いや、二十人で曳《ひ》くか、押すか。その動きは、いかほど鈍重となるだろう。岩礁《がんしょう》を避けるには如何したらよいのか。近づく嵐《あらし》を、いずこの港でやりすごすのか。

舵のことだけではない。

帆も、とてつもなく巨きなものとなるだろう。

帆柱も、綱も、長く重くなる。それらを守り、操る水夫《かこ》は、なるほど、たしかに一隻あたり数百を数えねばなるまい。

そんな彼らが、ひとつの船に寝泊まりし、貯《たくわ》えた水を飲み、飯を食い……となれば、そのあとは海にむかって尿《いばり》を放ち、糞《くそ》をひり、風が止《や》めば賽子《さいころ》を振り、遅かれ早かれ諍《いさか》いが始まり……。

又六郎は――いや、島津歳久《としひさ》は、目眩《めまい》をおぼえた。

城をまるごと動かせと命ぜられたほうが、まだ心痛が少なくて済むに違いない。

と。

隣でじっと押し黙っていた次兄が、咳《しわぶ》きを一つ放ってから、

「では、これが《三つの宝》とやらの正体なのですか？　この、岩に閉じ込められた大

昔の舵が……キリシタンを追いはらう呪《まじな》いにでも、用いるのですか？」

そのようなことをせずとも、南蛮坊主《ぼうず》のひとりや二人、手火矢《てびや》の一丁で追い返してみせましょう、と言いかけた若武者の勢いを、父の貴久が無言で制した。

（なにかが、ある）

歳久は察した。

（大殿は、そんな昔語りをするために、われらをここへ集めたのではない。もっと何か、大きなことが。おそろしいことが）

ふと気づけば、ゆらめく松明の明かりのもとで、祖父は微笑《ほほえ》みながら彼の眼を見つめていた。

「大昔ではない」

老人が、まるで歳久の心を読んだかのように、言った。

「三宝の実相とは、まさに今のこと……これより我らがもっとも欲し、そしてもっとも秘すべき大事なのだ。われらが大願を成就《じょうじゅ》するため——大明国を、開くために」

二、

「ひらく？」

「そうだ。開国させるのだ。明の皇帝に海禁の法を棄《す》てさせ、海にむかって——我らにむかって開かせるのだ。

勘合符《かんごうふ》も要らぬ。朝貢の使も遣わさぬ。互いに市《いち》を同じうする……そう、互市の法を定めるのだ。

我らが日ノ本の民が、思うがままに明国を訪《おと》ない、商いをおこない、また明国の商人たちも我らが港へ押し寄せるのだ。すべてが交わるのだ。この大日本豊秋津洲《おおやまととよあきつしま》と、かの広大なる明帝国が。そして、そこにある文物のすべてが」

祖父の発した言葉の重みが、ゆっくりと、歳久の全身に沁《し》みわたっていった。

大明帝国の法を変えさせる。

互市の法によって、あらゆる産物が往来する。

（そうなれば——）

朝鮮国も、琉球《りゅうきゅう》国も、座視してはいないだろう。いずれは、ことごとく法を改め、港市《まち》を開かざるをえまい。

（それから……そのあとは如何なる？）

絹も、火縄銃も、高麗《こうらい》からの人参《にんじん》も。あらゆる産物の値が動く。

商人が奔《はし》り、民はこぞって船を駆り。

そして、その次は？　その次には何がおこる？

「とはいえ」

老人の声は、ふと低くなった。

「互市の法に至るためには、いくつかの……そう、ちょうど今ここに集うたおまえたちと同じく、四つの策が成就せねばならぬ。——わかるかな、歳久？」

少年は思わず息をのんだ。

ゆっくりと目を閉じ、頭《こうべ》をわずかに垂れた歳久は、やがて口をひらいた。

「ひとつならば思い当たりまする」

「申すがよい」

「まずは何よりも、この日ノ本が静謐《せいひつ》でなければなりませぬ」

明帝国が何よりもおそれているのは、二つ。北の騎馬の民と、南の海の民……すなわち日ノ本の、武力だ。

なぜなら日ノ本の民は、武家に限らず、あまりにも猛々しいからだ。漁民たちが、不漁の年には船を出し、はじめはおとなしく交易をしていても、いつのまにか明国の沿岸を荒し回ってしまうほどに。

ではどうするか。

民が、陸で暮らしてゆけるようにせねばならない。海賊にならずとも、倭寇《わこう》と呼ばれて恐れられずとも、無事平穏に暮らしてゆけるように。

そのためには、まず、京の静謐が成されなければ。

そして。

「……足利将軍家を戴《いただ》いての海内《かいだい》一統が望ましいところですが」少年は付け加える。

「せめて西国の守護大名なりとも、干戈《かんか》を用いる悪弊は控えねばなりますまい。戦をおこなわぬこと……私戦は断じて禁ずることです」

「まったくだ」

満足げにうなずいた日新斎は、

「では二つ目は。……おぬしはどうだ、義久」

「さようですなあ――わしには、むつかしい智《ち》計《けい》やら軍略やらはよく分かりませぬが」

あいかわらずの頼りなさげな口ぶりで、宗家の長男は細い目をさらに細めた。

「天下静謐にせよ海内一統にせよ、こちらが鎮《しず》まり了《お》えたことを、明国の宮廷に得心してもらわねば、まとまる話もまとまらんでしょうな」

「ならば如何する」

「好《よしみ》を通ずるに最上の策は、海の民であれ陸の明国人であれ、おおよそ定まっておりましょう。同じものを食らうこと、同じ神仏を奉ずること、そして同じ銭貨を交わすこと。まあ、賄賂《まいない》も含めて、ということですが」

「うむ。そのとおりだ。その策、実を言えばすでに手をつけておる」

日新斎が言ったとたん、傍らにいた貴久が、

——おかげで、われらは軍費《まかない》に窮しておりますよ。

と、小さくつぶやいたのを歳久少年は聞き逃さなかった。

「さすがは大殿」

父の小言が聞こえなかったのか……大きくうなずきながら義久は続ける。

「賄賂には、やはり銀ですか。銀でしょうな。近ごろは、なにもかもそれで片がつく。とはいえ、なにゆえ明がそもそも海禁を続けておるのかといえば、多すぎる銀にて人倫が乱れたが故《ゆえ》でしたからなあ。

はて、となれば、いざ互市の法とやらを日明両国に布《し》くとなれば、大内の家もどうにかせねばなりますまい」

そうか、と歳久は気づいた。

銀を主に産しているのは大内の領国・石見《いわみ》である。明を開国するにしても、大内家にも利がなければ、事が進むどころか、かえって新たな争乱の種にしかならない。

だがそれは言葉を返せば、

(——あの大内の王国を、この秘策に加えるべきと……もしくは、加えるためにわれらが働くことになるのだと。そうお考えなのか、大殿は!?)

「見事だ」

日新斎は微笑んだ。

「さすが、わしが三州総大将の器と見込んだ孫だ。ならば三つ目の策は……思いついたか、義弘」

「は」四兄弟の次男がうなずく。「武威、が肝要かと」

大内を引きずり込むにせよ、あるいは明に開国を迫るにせよ、こちらに武力がなくては、ただの大言壮語で終わってしまう。

戦は止める。西国は鎮める。しかし、力は保たねばならない。

義弘は、そう言いたかったらしい。

「ふむ。どのような武威を」

「おれは……手火矢は、まだまだ改良せねばならぬとは思いますが、使い途《みち》は大いにあるのではないかと」

「手火矢か。それもよかろう」

「は」

「では、おまえに任せよう。今後一切、雄武英略のことは義久ではなく、おまえが仕切るがよい。そして四つ目の策は」

老人はわずかに身をのり出し、義久の裾《すそ》にしがみついていた小さな孫に、声をかけた。

「のう、又七郎。幼いおぬしにわかるかな？　どうじゃ？」

「じじさま？」幼い瞳《ひとみ》が老人を見上げる。

「これほどまでに大きな船が……この洞窟《ほらあな》よりも、おぬしたちの住まう城よりもさらに大きな船が、もしも手に入るとしたら——今もどこかに、それが遺《のこ》っておるとしたら——どうじゃ、乗ってみたいとは思わぬか？」

「乗ってみとうござります！」

幼な児《ご》の澄み切った返事。

「又七郎は、大きなおふねに乗ってみとうござります！」


再び、歳久の手が震えた。

（艦《ふね》が——鄭和の大艦隊が——今もどこかに遺《のこ》っている!?……）

歳久だけではない。

彼の二人の兄も、たった今かれらの祖父が発した一言の重大さに圧倒されぬよう、必死で堪えている。

「それは」

義弘の声が、うわずっていた。

「それは、まことなのですか!?……まことに、これほどの巨艦が今も……それさえあれば、われら島津が手に入れたらば——手火矢どころの話ではございませんぞ！　北の大内を征するはもちろん、海内一統も夢ではない！　いいや、それどころか！　明の都まで一気呵成《かせい》に押しのぼって――」

「大船のみで勝てるほど、戦は生易しいものではないぞ！」

父の鋭い一言に、義弘は黙った。

短い静寂が洞窟を満たし――やがて。

「戦はさておき、父上」言ったのは義久だった。「まだあるのですか？　鄭和の艦は……百五十年を経た今も、どこかに？」

「ある」

貴久は答えた。

「と、わしは睨《にら》んでおるし、あのピントめが八年前に売り込んできたのは、まさにその事であったのだ。南蛮の海……マラッカの、さらに南……明国も、ポルトガルの商人も、未《いま》だ知らぬ海域に。そしてその秘密があの首飾りに記されておる、とな。

もっとも、大殿は少々異なるお考えのようだが」

「と仰《おお》せられますと？」

義久と、そして貴久の視線を受け止めて、日新斎は大きく息を吐いた。

「うむ。――この舵の縁起は、わしも貴久も旧知のことであった。代々の島津宗家にのみ許された秘事として伝わっておったのだ。とはいえ、わしも半信半疑ではあった。

かつては偉大であった帝国の、栄華の名残。

過ぎ去りし夢のかけら。

ただそれだけであると……むしろ、われら一族が驕《おご》らぬよう、戒めとして代々語り継がれてきたのだと、そのように思うておった。

が、そこへあの南蛮人が、異国の姫御前《ひめごぜ》たちを連れてきた」

そしてすべてが変わったのだ――と歳久は察した。

三つの宝――三宝。鄭和の大艦隊の所在を指し示すもの。

あ、あの首飾りの中身。

(宿無丸《すくなまる》……首飾り……そしてあのザビエルがそれを追って、この鹿児島へ辿り着き……)

「十年」

日新斎はつぶやいた。

「十年のあいだ、あの者たちを庇護《ひご》するならば三宝の謎《なぞ》の解きかたを明かそう、とあの男は持ちかけてきよった。――こちらがすでに鄭和の宝船のかけらを、ここに隠し持っていようとは知らずにな。

だが、やつの言葉のはしばしから、わしは感じ取ることができたのだ。

鄭和の大艦隊は、もはや一隻も遺《のこ》っておらぬ……と。

そしてそれは、同時に、艦がたとえ一隻でも遺っておるかどうかは、もはや肝要ではない、ということでもあった。

遺っておるかもしれぬと気づいた者がどこかに居るということ。そちらが肝要なのだ。

南蛮に。

この日ノ本に。

そしておそらく今ごろは、明国の宮廷に」


（明国……そうか！）

歳久は、祖父の言わんとすることを悟って、声を発しかけた。

鄭和の建造したという巨大な艦。

はるか天竺の彼方《かなた》まで無事に往復できる、とてつもない艦の群れ。

今、この薩摩の海に、それは存在しない。

ということを、かれら島津宗家の男たちは、もちろん識《し》っている。

だが。

（……明の宮廷は、われらが艦を持たぬことを、まだ知らぬのだ！）

ゆえに、この島津家が、鄭和の艦のありかを指し示す何かを、あるいは巨艦を造る術を、すでに手に入れたと思わせさえすれば。

（大兄上《おおあにうえ》の描いた、あの首飾りの中身の図）

たとえば、あれを用いれば。

あれが島津の手中にあることを、それとなく風聞《うわさ》にして広めさえすれば。

明国の宮廷と皇帝が、いつまでも頑《かたく》なに海禁を続ければかえって危険であると、信じてくれさえすれば。

そしてその時までに、日ノ本が、すくなくとも西国が、静謐となっていれば。

それで十分なのだ。

（なんという――なんということか！……）

歳久は、己が、とてつもなく大きな輪のただ中にあって、その輪がさらに巨きな輪に囲まれ、さらにその外に横たわる巨大な輪が、ゆっくりと巡るのを感じ――それらが巡りつつ発している、波のような、櫂《かい》の軋《きし》みのような、低い低い音を聞いたような気がした。

歳久が我にかえったのは、父の声が聞こえてきたからだった。洞窟の広さのせいなのか、それは、ひどく遠くから届いたように思われた。

「わかったか。義久、義弘、歳久……それに又七郎。これより、おぬしたちの道は一つだ。天下静謐。さらには海内一統。そして互市の大法を成すために、われら島津は働くのだ」

「それまでは」義久の声がした。「まだまだ戦が続きましょうな」

「もちろんだ」

「そして多くの者が仆《たお》れることになる」

「それが武者の家というものだ」貴久の言葉が、昏《くら》い洞窟に冷たく響いた。「長寿を満喫したくば、今すぐ頭を丸めて福昌寺《ふくしょうじ》へ往《ゆ》け。止めはせんぞ」

「いえいえ。滅相もない」

義久は、莞爾《かんじ》として頭《こうべ》を垂れた。

そのあとに彼が付け加えた微《かす》かな一言を、とっさに聞き取れたのは、傍らにいた歳久ただ独りだった。

「――武者ではなく、それがしは民草《たみくさ》のことを言うておったのです」

◆

歳久たちが、先ほどの坂道とは別の、細い隙間《すきま》を辿り、出てきたのは湊から一里ほど離れた磯《いそ》だった。すでに陽は高く、冬の内海は暗く濁った渦と化していた。

強い風が押し寄せた。

北東から――はるか京の方角から。

（京……天下静謐……大明開国）

さまざまな言葉が、彼の裡《うち》に巡っては消え、そしてまた浮かび上がった。

（宿無丸）

（あの不思議な、異国からの旅人たち。――宿無丸は無事だろうか？――今ごろは何処《どこ》に――どこでどうしているのだろう？……）

歳久の前に、海はあった。

波は荒れ、岸を襲い、激しく砕ける。

中央に美しい火の山を戴くそれは、しかし、あくまでも小さな内海にすぎなかった。

（まだ私は、この海しか知らぬ）

ふと、山のどこかから、彼はかすかに銃声を聞いたように思われた。そして、なぜか、あの顔を隠したあやしげな足軽のことを思い出した。

そのとき――地が揺れた。

「御岳《おやま》だ！」

義弘が、嬉《うれ》しげな声を上げた。目の前の桜島《おやま》が火を噴いているのだ。

歳久は目を凝らした。

御岳のむこうには大隅の山影が、うっすらと見えた。

その遠い山を、さらに北東へ進めば、日向の対岸に土佐の急峻《きゅうしゅん》な峰々があるはずだった。

土佐から阿波へ、山脈は、仲の良い兄弟さながらに相似た姿をさらして横たわる。その果てには鳴門《なると》の海があり、堺《さかい》の港市があり——しかし大地の起伏はとどまることなく、南へ針路を転じて、紀伊《きい》をまたぎ、大和をかすめ、霧深き幽玄の熊野《くまの》三山《さんざん》を経て、いまいちど北東へと伸びてゆき——入り組んだ伊勢の湾を越えた先には、暴れ河に抱かれる尾張《おわり》の国が横たわっているのだった。……

断章——死の家についての回想

天文二十一〜永禄《えいろく》十一年
西暦（ユリウス暦）一五五二〜一五六八年

この家は〈死〉に憑《つ》かれている。

長いあいだ、彼はそう思い続けてきた。

死の臭《にお》い。冷え冷えとしたその気配。彼にはうまく言葉にすることができなかったが、それでも確かに〈死〉はそこにあった。

父によって世継ぎに定められた兄の信長もまた同じ意見であったようだ。だが、それを彼が知るのは、ずいぶんあとになってからだ。

それよりも先に〈死〉はあった。

彼――織田源五郎長益《おだげんごろうながます》のまわりに。

まずはじめに、父が死んだ。

信秀《のぶひで》という名だったが、まだ幼かった彼には知る由《よし》もなく、ただ「おやかたさまが」「おやかたさまが」という声が飛び交うのを、なんの感慨もなく受け止めていただけだった。

流行《はや》り病だった。

葬儀の騒ぎのあいだに、はじめて彼は己の名が「源五郎」であることを覚えた。そして、歳《とし》の離れた兄たちがいることとも。

初老の、二の腕に深い傷跡のある家臣が、彼の世話をした。平手政秀《ひらてまさひで》というその忠臣を、彼はただ「じいじ」と呼んでいた。葬儀を終えてからも、なにかにつけて「じいじ」は彼の面倒をみてくれた。弓箭《ゆみや》のことより、もっぱら手習いや歌の詠《よ》みかたについてだった。筋がよろしい、と「じいじ」は彼の筆さばきを、しきりに褒めた。

しばらくして、その「じいじ」も死んだ。

こちらは病ではなく、自ら腹を斬《き》って果てたのだった。諫死《かんし》、と屋敷に出入りする男たちは頷《うなず》き合った。それもまた、幼い彼の耳には「かんし」「かんし」という乾いた音の連なりにすぎなかった。

跡取りとなった兄・信長は、すぐに、もうひとりの兄を攻め殺そうとした。

それとも、あちらが先に攻めてきたので、やむなく防戦したのだろうか。そう噂《うわさ》する女たちもいた。彼にとってはどちらでもよかった。

二人の兄たちの殺し合いはいったん収まったが、だからといってすべてが平穏無事に戻るわけもなかった。あらゆる類《たぐ》いの風聞《うわさ》が飛び交い、家臣たちは一人のこらず目つきが悪くなり、互いを頼らず、あやしげな陰謀を巡らせている……と誰も彼もが目の前の相手を疑っていることだけは、まだ幼かった彼にも、じゅうぶんに察せられた。

裏切りがおこり、戦《いくさ》がその尻《しり》を追いかけた。

そもそも彼の家は、守護・斯波《しば》氏に仕える織田氏の、宗家たる伊勢守《いせのかみ》の筋から分かれていがみ合っている織田大和守《やまとのかみ》の一党の、そのまた分家にして奉行という、それこそ明日滅んでも嘆き悲しむのはせいぜい荒くれ武者が十四、五人といったほどの家柄にすぎなかった。

が、その主筋にあたる断波の御曹司が、命を狙《ねら》われて泥だらけの川べりを逃げ回ったあげく、兄のもとへ転がり込んできたのだ。

狙ったのは大和守だった。

すくなくとも、そういう筋書きにするということで、目つきの悪い男どもは頷き合った。

兄は、叔父の信光《のぶみつ》といっしょになって本家の城へ攻め入り、大和守をさっさと殺した。と思ったら、年も変わらぬうちに、その信光叔父も死んでしまった。

さすがにこれはやりすぎだった。

とたんに、例の「もうひとりの兄」（名前はたしか信勝《のぶかつ》といったが、長益はあまり気にとめていなかった）が攻めて来た。義憤にかられたというよりも、単に、次は自分であると遅まきながら悟ったらしい。

ともあれ、またしても二人は戦を始め、こんどはしっかり落ち着くところに落ち着いた。

つまり、兄の信長が弟の信勝を殺したのだ。

そういえば斯波の御曹司はどうしたのやら……と、そろそろ元服の儀をおこなう年頃の彼は、そのとき不思議に思った。どうしたもこうしたもなかった。兄の軍勢は休む間もなく、ほとんど愉《たの》しげに伊勢守の郎党を攻め滅ぼしていたが、それが終わると今度は、それまで形だけとはいえ主君と持ち上げていた斯波の御曹司を、清洲《きよす》の城から文字どおり蹴《け》り出したのだ。

その晩のことを、長益は、はっきりと憶《おぼ》えていた。

兄は独りで、彼の居る屋敷へ、痩《や》せた馬に乗ってやってきた。挨拶《あいさつ》もそこそこに、彼の居室へ押し入り、どっかと上座に坐《すわ》って手招きをした。従うより他になかった。

そして、いつものとおり、兄は彼の顎《あご》に触れた。

それは兄の奇妙な癖のひとつだった。戦をひとつ終えるたびに、織田上総介《かずさのすけ》信長は、歳の離れた弟のもとをおとずれては顎に手を伸ばすのだ。

冷たい手ざわりのものを、兄は常に好んだ。

永楽銭。

女たちの用いる手鏡。

あるいは道ばたの石ころ。

そうしたものの中に、なぜか、彼の四角ばった顎も含まれていたのだった。

——ぬくもりは好かぬ。

兄は、目の前に縮こまっている彼にむかって、つぶやいた。それともあれは、聞かせるつもりもない独り言にすぎなかったのか。

——ぬくもりはいずれ裏切る。遅かれ早かれ、いつか必ずおれのもとを離れてゆく。

そして、あれよというまに冷たい骸《むくろ》へと変わりはてる。おれは、ぬくもりを好かぬ。

ああ、と彼は悟った。

自分もまた、いつかこの兄の前で骸になるのだろうな。兄のせいで。兄のおかげで。兄の手にかかって。

死ぬのは嫌だな。長益は、ふと思った。

恐れではなかった。

ただ、嫌だった。

とくに、この兄のために死ぬことだけは願い下げだった——歳の離れた自分にだけ弱い己の肚《はら》を見せつけ、家臣たちに対しては必要以上に冷酷たらんと必死に振る舞っている、こんな兄のためには。

なんと弱い男だろう。

なんと哀れな、そして滑稽《こっけい》な男だろう。

ひとまわり以上の歳の違いに隔てられながら、長益は、いつも兄のことを見くだしていた。

織田の家は〈死〉に憑かれていた。

とはいえ、それは彼の家に限ったことでもなかった。

泥だらけの、すぐにかたちを失う田畑も。毎年のように氾濫《はんらん》しては、あらゆるものを押し潰《つぶ》してゆく木曾川《きそがわ》も。おそろしい人食いの悪党どもが巣食うという、あの三河《みかわ》へと連なる山々も。すべてが〈死〉の裡《うち》にあった。

泥と。

血と。

水面に浮かぶ骸と。

それが彼の知るすべてだった。

尾張《おわり》という土地だった。

そんな土地にしがみついて生きるものたちは、すべて、死の面《おもて》にはびこる黴《かび》に等しかった。

それとも——と、彼が想像を逞《たくま》しくしたのは、加冠の儀を済ませてから半年ほど過ぎたころだった——われらは蘖《ひこばえ》なのだろうか。〈死〉を正統に受け継ぎ、血と泥の中でのたうち回るのが本性の、夕《ゆうべ》に殺し合うためにただ朝《あした》を生き延びている、醜いばけものの群れなのだろうか。

いずれの家も同じなのか。美濃《みの》でも、伊勢でも、三河でも。この日ノ本のいずこにあろうとも、武家というものは、みな等しく殺し合うているのだろうか。

どこかに……どこか遠い遠い幸福な國《くに》に……殺し合わぬ兄弟はおらぬだろうか。

長益のそんな夢想に頓着《とんじゃく》することなく、戦と骸の群れは、毎年まいとし、飽きもせずに彼の目の前を駆け抜けてゆくのだった。

思い返せば、戦とも病とも関わりなく訪れた〈死〉は、彼と同い年の妹のそれだけだったかもしれない。

彼の憶えているかぎり、たしかに妹は死んだ。

死んだはずだった。

自分の思い違いなのか。それとも天狗《てんぐ》に化かされたのか。幾度となく、長益はそんなふうに思い込もうとした。が、そのたびに、くっきりと、あの晩秋の夕暮れの川縁《かわべり》が蘇《よみがえ》ってくる。

それは、いつのことであったのか。

いずこの川であったのか。

そもそも自分はそのとき、川岸に佇《たたず》んでいたのか、それとも水に浸《つ》かっていたのか。

なにもかもが朧《おぼろ》げのまま——

（溺《おぼ》れて、水草のあいだに浮かんで）

——しかし、彼の目の前で、小さな妹は息絶えたはずだった。同じく小さな自分は、それを眺めていたはずだった。

そうして、どうしたわけか、自分は笑みを浮かべていたような気がしてならなかった。

（自分の歳はまだ三つ……いや、四つになるかならぬか……）

死んだ妹。同い年の妹。

（それとも、自分が殺したのか）

そしてそのあとは——はて、そのあとは、なにがおきたのだろう。

屋敷のほうから守り役の女たちが駆けてきて。妹さまは流行り病に罹《かか》り、祈禱《きとう》のために寺へ預けられたのですよ、と知らされて。

半月ほどが過ぎてから、妹は、何一つ変わるところなく戻ってきた。

久しぶりの対面に、彼は、ふと首をかしげて呟《つぶや》いた。はて。妹は……お市はこんな顔をしていたのか？

屋敷の女たちは目配せをした（ように長益には感じられた）。そして、いっせいに笑い出した。

以来、元服するまでのあいだ、彼の二つ名は『おかしなことを言う、こまった若様』だった。

◆

〈死〉は、どこまでも尾張国を浸《ひた》し、さらにその外へむかって滲《し》み出していった。

兄は今川と戦い、斎藤と争った。いずれの当主も、兄の軍勢の前で死んだ。

骸が骸の上に重なり、泥がそれを押し流した。

京洛《みやこ》で将軍が弑《ころ》された、という風聞が駆け巡ったのは、長益が元服してから数年経《た》ったころだった。

兄は即座に戦支度《いくさ》を命じた。長益の想《おも》いは、まったく別のところにあった。

とうとう毒が回ったのか。そんなふうに彼は想った。この尾張に巣食っていた〈死〉が、鈴鹿関《すずかのせき》のむこうにまで広まってしまったのか。

京洛は遠くにあった。遠いからこそ、彼は安心して憧《あこが》れることができた。歌の力で鬼神をも泣かしむるという、麗《うるわ》しき公卿《くぎょう》たち。万巻の経を修めて衆生《しゅじょう》を救わんとする、南都《と》北嶺《ほくれい》の高僧たち。そしてなにより、かの頼朝公の血を受け継ぎ、きらめく鎧兜《よろいかぶと》をまとうて、四海を護《まも》る武者の群れ。

そんな方々が、今も昔も、一度としておいでになられた例《ため》しは無いのだと、もちろん長益は識《し》ってはいた。

が、どうにもならなかった。憧れは、彼の裡に深く刻まれたものなのだから。

京洛。平安の地。文武百官の高貴。時ふかき伽藍《がらん》の壮麗。そうしたことを彼に教えたのは、あの「じいじ」だった。歌を教え、蹴鞠《けまり》のこつを伝授しながら。

この憂《う》き世のいずこかに、うつくしきものがある。雅《みやび》なるものが、裏切りと流血から遥《はる》か離れた何かが、この世には確かにある。なければならぬ。——さもなくば、われらは一体なんのために生を享《う》けたというのか？

それを「じいじ」は教えてくれたのだ。

……平手政秀の「諫死」とやらの背後にあった事情を、知るに及んだのは、ちょうどそのころだった。以来、長益は、よりいっそう兄を軽蔑《けいべつ》することにした。

それは、ありきたりの、家臣と主君の方針対立にすぎなかった。

兄は、法華宗《ほっけしゅう》の財と兵を借りたがっていた。美濃の斎藤道三《どうさん》が既に採り、見事なまでに功を奏した策だった。いっぽう、政秀は、法華宗をそこまで信頼していなかった。

連中に便乗すれば、早晩、一向宗と対立せざるをえなくなる。この二つの宗は、かの天文《てんぶん》の法華一揆《いっき》以来、二十年にもわたって不俱戴天《ふぐたいてん》の敵同士だった。

そして当時、京を抑えていたのは一向宗の総本山・石山本願寺であり――細川京兆家と大内一族のもめごとはあいかわらず続きつつ、細川の家令の三好一党は戦に飢えて、お飾りのはずの足利将軍さえも要らぬ覇気を発し始めていた。

法華宗にせよ一向宗にせよ、いずれかに加担すればそのあとは、日ノ本一大きな、そして複雑怪奇な政事《まつりごと》の渦の中で、落としどころのない無益な争乱に巻き込まれるだけ――というのは、政秀がまだ生きていた頃でさえ目端の利《き》く者であれば即座に合点できる道理だった。

そんなものに関わるくらいなら、地道に隣の領地をつまみ食いしていたほうが、まだました。

戦は国を貧しくする。たまたま勝って奪うことができても、また次の戦では奪い返される。

分かりきった理屈だった。しかし、誰もが分かっていながらついつい手を出してしまうのが、戦なのだった。なぜなら、明日奪われることを気に病んで今日奪わなければ、肝心の明日が来る前に飢えて死ぬのも、これまた分かりきった道理だったからだ。

だから貧しい国ほど、戦に精を出した。

そして尾張は貧しかった。

そうした道理を、平手政秀の諫死の真相と共に長益が学びおえたころ、兄と法華宗が始めた戦はとっくに引き返すことの叶《かな》わぬほど「落としどころのない京の争乱」へ嵌《は》まり込んでいた。


将軍弑逆《しいぎゃく》で始まった一件は、すぐに次の室町殿をめぐる競争へと変じ、あれよという間に越前《えちぜん》のほうから「次代さま」がやって来た。

ほんの三年前まで、かの一乗院《いちじょういん》の門跡であった男。しかし、やる気だけは兄に勝るとも劣らぬことは、ひとたび仰ぎ見ただけで察せられた。

そして兄はこれを歓待した。したどころか、これを担《かつ》いで京洛へ上るつもり満々だった。実を言えば、その頃には、摂津《せっつ》あたりで「もうひとりの次代さま」が（三好一党に担がれて）とっくに将軍宣下《せんげ》を済ませていたのだが、そんな細かいことは兄にとって

――あるいは兄に銭貨を融通している法華宗にとって――どうでもよいことだった。

天下布武、とその頃の兄は繰り返して飽くことがなかった。天下、すなわち帝《みかど》のしろしめし将軍家のおわすべき五畿《ごき》に、武を布《し》き、これを静謐《せいひつ》たらしむるのだと。

やれやれ。長益は独り嘆息した。斯波の御曹司のお次は、これか。

とはいえ、そこは腐っても足利将軍家だ。器量はともかく、格から言えば斯波の比ではない。戦はさらに大きくなるだろう。そして、それを喰らって〈死〉はまだまだ拡《ひろ》がってゆく。どこまで？　定《き》まっている。この日ノ本を覆《おお》い尽くすまでだ。

いよいよ、自分は死ぬのだろうか。いや、まちがいなく死ぬな。だが、その前に憧れの朱雀大路《すざくおおじ》を（もしくはその惨《みじ》めな名残を）眺めるくらいは、できそうだ。

長益は、せめてそう思うことにした。

あの人使いの荒い兄のことだ、いざ上洛《じょうらく》となれば、一族の主だった者は残らず用いられるだろう。戦場《いくさば》で、しかしそれ以上に京洛で。

そして自分は、この泥臭い織田の家中で、ほとんど唯《ただ》一人、まともに歌を詠み、蹴鞠をこなせる男なのだ。

それに――と、肚の底のほうで愉しみ始めている己に、彼は可笑《おか》しみをおぼえた――〈死〉に犯し尽くされる京洛の末期《まつご》も、それはそれで、うつくしいかもしれない。

（第二巻につづく）

著者自註：

作劇上の理由から、西暦一五四〇年代の鹿児島の地理についてはいくつかの変更を加えてある。同じく、この物語の中心人物である島津四兄弟の成年時の呼称も、義久・義弘・歳久・家久を用いている。

それ以外の事柄については、ほぼ史実に基づいている（もしくは将来認められるであろう「新たな史実」と矛盾するものではない）。

安部龍太郎著

信長燃ゆ（上・下）

朝廷の禁忌に触れた信長に、前関白・近衛前久の陰謀が襲いかかる。本能寺の変に至る一年半を大胆な筆致に凝縮させた長編歴史小説。

安部龍太郎著

下天を謀る（上・下）

「その日を死に番と心得るべし」との覚悟で合戦を生き抜いた藤堂高虎。「戦国最強」の誉れ高い武将の人生を描いた本格歴史小説。

磯田道史著

殿様の通信簿

水戸の黄門様は酒色に溺れていた？　江戸時代の極秘文書「土芥寇讎記」に描かれた大名たちの生々しい姿を史学界の俊秀が読み解く。

伊東　潤著

義烈千秋　天狗党西へ

国を正すべく、清貧の志士たちは決起した。幕府との激戦を重ね、峻烈な山を越えて京を目指すが。幕末最大の悲劇を描く歴史長編。

上橋菜穂子著

精霊の守り人

野間児童文芸新人賞受賞
産経児童出版文化賞受賞

精霊に卵を産み付けられた皇子チャグム。女用心棒バルサは、体を張って皇子を守る。数多くの受賞歴を誇る、痛快で新しい冒険物語。

上橋菜穂子著

闇の守り人

日本児童文学者協会賞・
路傍の石文学賞受賞

25年ぶりに生まれ故郷に戻った女用心棒バルサを、闇の底で迎えたものとは。壮大なスケールで語られる魂の物語。シリーズ第2弾。

西條奈加著

善人長屋

差配も店子も情に厚いと評判の長屋。実は裏稼業を持つ悪党ばかりが住んでいる。そこへ善人ひとりが飛び込んで……。本格時代小説。

佐伯泰英著

死闘

古着屋総兵衛影始末 第一巻

表向きは古着問屋、裏の顔は徳川の危難に立ち向かう影の旗本大黒屋総兵衛。何者かが大黒屋殲滅に動き出した。傑作時代長編第一巻。

佐伯泰英著

血に非ず

新・古着屋総兵衛 第一巻

享和二年、九代目総兵衛は死の床にあった。後継問題に難渋する大黒屋を一人の若者が訪ね来た。満を持して放つ新シリーズ第一巻。

柴田錬三郎著

眠狂四郎無頼控

(一〜六)

封建の世に、転びばてれんと武士の娘との間に生れ、不幸な運命を背負う混血児眠狂四郎。時代小説に新しいヒーローを生み出した傑作。

柴田錬三郎著

赤い影法師

寛永の御前試合の勝者に片端から勝負を挑み、風のように現れて風のように去っていく非情の忍者〝影〟。奇抜な空想で彩られた代表作。

子母沢寛著

勝海舟

(一〜六)

新日本生誕のために身命を捧げた維新の若き志士達の中で、幕府と新政府に仕えながら卓抜した時代洞察で活躍した海舟の生涯を描く。

イラスト　獅子猿
デザイン　川谷康久（川谷デザイン）

島《しま》津《づ》戦《せん》記《き》（一）

新潮文庫　し－83－1

平成二十九年八月一日発行

著者　新《しん》城《じょう》カズマ

発行者　佐藤隆信

発行所　株式会社新潮社

郵便番号　一六二―八七一一
東京都新宿区矢来町七一
電話　編集部(〇三)三二六六―五四四〇
読者係(〇三)三二六六―五一一一
http://www.shinchosha.co.jp

価格はカバーに表示してあります。

印刷・錦明印刷株式会社　製本・錦明印刷株式会社

ISBN978-4-10-180102-5　C0193